基礎
西班牙語文法速成

◎ 南臺科技大學通識教育中心專任教授　王鶴巘　著 ◎

五南圖書出版公司 印行

自 序 (Prefacio)

　　西班牙語是世界上第二大官方語言，廣大的中南美洲，除了巴西說葡萄牙語，全球還有二十多個國家都是以西班牙語作為官方語言，即使是美國，國內許多州在歷史上原本就是說西班牙語的地區。隨著時光的推移，西班牙語在世界政治經貿的重要性從未減少，反而是與日俱增。這點我們可以從近幾年來中美貿易磨擦觀察到墨西哥的崛起。因地緣關係，緊鄰美國，這個中美洲最大國在2023年已取代中國成為美國第一大貿易伙伴。如今越來越多的企業選擇到墨西哥設廠、創業，儼然已是趨勢。未來各國經貿交流需要更多能說西班牙語的人才是不爭的事實。如果你能嫻熟西班牙語，不僅多了一份就業的潛力，還能認識這個語言背後多元的西語國家文化，開拓你的國際視野。

　　《基礎西班牙語文法速成》從2012年五南圖書公司出版至今十多個年頭，回顧當初開始撰寫這一本書，以及後續的《進階西班牙語文法速成》就是為了幫助想學西班牙語的莘莘學子，不論是自修，或準備西班牙語檢定考試，只要能掌握這兩本書所教的內容，建立完整的西班牙語語法概念是沒問題的。

　　有關書的內容，《基礎西班牙語文法速成》介紹句子的結構、簡單句的組成、西班牙語的九大詞類。書中的最後一章特別說明西班牙語和卡斯提亞語，這兩種不同的語言名稱所代表的意義，以及它們在發音、字彙、語法上的差異。

　　作者從十年前開始寫這本書適逢網路科技，多媒體教材製作，線上教學開始蓬勃發展。網路科技帶來的方便，事實上也降低學生閱讀書籍的企圖心。以往講的讀書五到：「耳到、眼到、口到、心到、手到」，似乎只剩下眼到（看網路找資料），手到（打電腦），心到（還是要花點心思整理完成）。但若只是從網路找資料、複製，貼上，其實已經不是正確的學習方法與態度。畢竟網路搜尋得到的資訊，多半是片段的、碎片化的，如何整合學到的知識，內

化成自己的東西，這個需要時間，而且要有心去做。綜合以上所言，網路資訊世代是否還需要紙本書籍？我的答案是肯定的。一本書的撰寫，作者從構思到下筆，文編美編，完成校稿，最後出版。讀者拿到手上，從目錄、序文，參考書籍，他可以很清楚地看到這本書想傳遞什麼知識？讀完後，思忖著可得到什麼？而且書永遠在那，可以隨時翻閱，不會不見。

最後，我們提供下列網址連結，讀者可點閱聆聽，自主學習。

❶基礎西班牙語文法速成練習題解說

　　https://ocw.stust.edu.tw/tc/node/spanish10601

❷西班牙語【初級】https://ocw.stust.edu.tw/tc/node/10502_spanish

❸西班牙文化https://ocw.stust.edu.tw/tc/node/SpainishCulture

❹ewant育網開放教育平臺https://www.ewant.org/my/

從2010年開放式課程在全球掀起網路課程的潮流，到磨課師以至今日只要老師有心，都可自己運用多媒體網路科技，錄製自己的教學影片和線上課程。上述基礎或初級西班牙語課程都是以本書為教材去錄製，包括本書裡每一個章節後面的練習題（參閱❶基礎西班牙語文法速成練習題解說），老師都有逐題解說並朗讀每一個西班牙語句子。讀者搭配學習，相信一定能達到事半功倍的效果。

王鶴巘
2023於高雄

前　言 (Prefacio)

　　本書是為了西班牙語初學者或個人自修西班牙文編著的一本「基礎西班牙語文法速成」書。作者依其實際在校授課之經驗，配合這幾年來採用過之西班牙語原文書，像是 Español 2000 (1997)，Es español (2001)，Nuevo ELE - Curso de español para extranjeros (2003)，Prisma (2001)，Método de español para extranjeros (1996)，Español sin fronteras (1997)，Sueña (2000)，Viaje al español (2003)，Español en directo (1974)，ECO (2003)，Pasaporte (2007) 等等，編寫此一學習參考用書。總而言之，作者希望這本書能提供教師在教授西班牙語時原文書不足的地方；同時，初學者在學習西班牙語時，也能夠有一本用中文撰寫之文法輔助教材，可以隨時翻閱釋疑。

　　其次，如果我們翻開上述之西班牙語原文書，我們會發現這些教材在初級內容設計上是屬於溝通式學習教材，也就是讓學習者盡可能一開始就能開口說西班牙語，即使是一個單字、一個詞或是一個簡短的句子、問候語。但是理想與實際情況會有所出入。一般來說，學習第二外語的課程，一個班少說也有十幾位學生，多則二、三十位，想要完全使用會話的方式上課，雖是可行，但是學習成效有限，而且學生也會一再提問：這樣發音正確嗎？西班牙語「動詞變化」（Conjugación）是不是很難學？有無變化的規則？這麼多的「時態」（Tiempo）與動詞的「式」（Modo）怎麼記得住？且要如何正確使用？諸如這些疑問都是初學者會碰到的問題。我們若從比較語言的角度來看中文與西班牙文，不難發現這兩個語言文字形態（Morfología）差距極大，句法上，前者既沒有冠詞（Artículo）、也沒有名詞子句（Proposición sustantiva）；後者則有複雜的時態，詞法上，西班牙語有豐富的語尾變化（Inflexión），且一些詞類上有「性、數、人稱和格」等的變化，這些對於母語是中文的人來說都是新的語法概念。老師若是沒有一套循序漸進，解說清楚的補充資料，學生很容易

在接觸西班牙語不久之後，就放棄此一外語學習。因為缺乏有系統的整理與釋疑，學生的反應自然是西班牙文的語法很複雜、很難學，而不是有趣，有意思。不過，我們認為初學者以能說得清楚，聽得明白為首要目標。因此，本書的內容設計，盡可能簡單明瞭，除了文字、圖表的解說，同時舉出實用的範例，幫助了解。另外，建議學習者，在每一章之主題閱讀學習後，務必將各章後面的「練習題」逐一做練習。基礎西班牙語的學習重點在於能開口說、聽得懂，寫得正確。而一般人所謂的「說標準西班牙語」，不僅僅只是發音正確，還要牢記「動詞變化」，應用自如才是。接著我們就西班牙語基礎文法做一簡單描述介紹。

最後，我們簡單介紹語言學上的一些基礎語法概念。我們知道構成語言的最小語音單位是「音素」（Fonema），語意的單位是「詞素」（Morfema）。由此再衍生出「詞」（Palabra）。我們稱作「詞」而不稱為「字」是因為中文的方塊文字像是「鸚鵡」，只有這兩個字「鸚」、「鵡」同時依序出現時才有意義，語意分析上才等於西班牙語的（Palabra），視為一個「詞」。不同的詞與詞按一定規則組合在一起且能形成一完整概念的話語，句法上我們稱之為句子（Oración）。許多的句子串聯在一起就是一個段落（Párrafo）。而段落的結合讓人讀起來有起承轉合的味道就是一篇文章（Texto）。通常我們講文法的重要性主要是在學詞（Morfología）與句法（Sintaxis）這兩個部分。其實這兩個部分息息相關，密不可分，因此也可以把語法的學習視為「形態句法學」（Morfosintaxis）的學習。

西班牙文共有九個詞類：名詞、形容詞、冠詞、代名詞、動詞、副詞、介詞、連接詞和感嘆詞。其中的名詞、形容詞、冠詞、代名詞和動詞是有形態變化的詞類。以下我們依序就這幾個詞類做一介紹。

(1)名詞（**Nombre o sustantivo**）：西班牙語的名詞有陰陽性、單複數之

分，名詞在句法功用上可擔任主詞或受詞。如果名詞是位居名詞詞組裡的核心位置，那麼詞組裡修飾，解釋或替代它的其它詞類：形容詞、代名詞、冠詞等等，它們的陰陽性、單複數也都要與核心名詞一致。例如：下面第一句的核心主詞是單數名詞（chaqueta），如果它變成複數（chaquetas）出現在第二句同樣位置，那麼第二句裡的指示形容詞（Estas）、形容詞（americanas）、事物代名詞（las）的陰陽性、單複數都必須跟著核心複數名詞（chaquetas）一起變化。

▶ Esta chaqueta americana la he comprado en el Corte Inglés.

▶ Estas chaqueta*s* americana*s* la*s* he comprado en el Corte Inglés.

西班牙文名詞的陰陽性、單複數之分不是絕對的，因此有時仍須個別記得每個名詞的性、數。

(2)形容詞（Adjetivo）：形容詞按照它所修飾的名詞也有陰陽性、單複數的變化。性質形容詞又有原級，比較級和最高級的區別。另外，西班牙語形容詞放在名詞前面或後面修飾所表達的意義是不一樣的。例如：nieve blanca（白色的雪）／blanca nieve（雪白）。

(3)冠詞（Artículo）：中文沒有冠詞，若要表達西班牙語定冠詞（el、los、la、las），不定冠詞（uno、unos、una、unas），限定（determinado）與非限定（indeterminado）的概念，只能靠「詞序」（el orden de las palabras）來區別。試比較下面例句：

▶ 書，我一直想買。

Este libro, llevo mucho tiempo pensando comprarlo.

☀注意
「書」放在句首表主題的功用，限定用法，說話者與聽話者皆知道的那本書。

▶ 我一直想買本書。

Llevo mucho tiempo pensando en comprar un libro.

▶ 我一直想買書。

Llevo mucho tiempo pensando en comprar libros.

> ☀注意
>
> 「書」放在動詞後面，若不帶任何指示代詞，表非限定
> 用法，說話者沒有確切指出是那本書。

(4) **代名詞**（Pronombre）：西班牙語代名詞可再分為人稱代名詞、指示代名詞、疑問代名詞、關係代名詞、不定代名詞等。學習上比較困難的是非重讀人稱代名詞（me、te、le、nos、os、les）或事物代名詞（lo、los、la、las）分別做間接受詞（complemento directo）與直接受詞（complemento indirecto）時的用法，以及非重讀代名詞與動詞肯定命令式（Dígamelo）、動詞現在進行式（leyéndolo）和原形動詞（comprarlo）的縮寫。這些都是與中文大不相同的句子結構，需用心學習與反覆練習。

(5) **動詞**（Verbo）：西班牙文中，動詞是最複雜的詞類。原形動詞雖只有三種型式：-ar、-er、-ir，但是每個原形動詞都有六個人稱的動詞詞尾變化，而詞尾變化又可再分成規則變化與不規則變化，加上藉由語法上的十四個「時態」（Tiempo）來表達動作發生的時間、可能性、假設性，還有肯定與否定的命令式詞尾變化等等，這樣龐雜的詞尾變化，跟中文裡動詞沒有形態變化的情形相較之下，學習西班牙語的動詞有如面對一座矗立在面前的高山，想要攀登邁向成功的頂峰，卻又令人怯步，很容易感到挫折、氣餒而放棄。因此，我們建議外語學習上配合「聽、說、讀、寫」技巧的應用，再加上不斷的反覆練習，才是學好西班牙語動詞變化的不二法門。

(6) **副詞**（Adverbio）：副詞是沒有詞尾變化的詞類，可用來修飾名詞、

動詞、形容詞、分詞或另一個副詞。常看到的副詞形式像是單字（rápidam-ente），其中-mente很像中文的「地」加在形容詞後面變成副詞。例如：快樂地。不過要注意的是西班牙語-mente必須加在陰性形容詞的後面縮寫成一個字，且保持原來形容詞音節重音的唸法。

(7)介系詞（**Preposición**）：介系詞也是沒有詞尾變化的詞類，其功用主要是用來指明後面的受詞和前面的名詞或動詞之關係。通常出現在受詞的前面，所以又稱之為「前置詞」。西班牙語的介系詞有—a、ante、 bajo、con、contra、desde、en、entre hace、hasta、para、por、 según、sin、sobre、tras等等。

(8)連接詞（**Conjunción**）：連接詞用來連接簡單句裡的相等成分或複合句裡的各個組成句子，表明它們之間在語法上和邏輯上的關係。西班牙語中連接詞分為並列連接詞和從屬連接詞。前者包括「並列式」連接詞：y（和）、e（和）、no ... ni（既不……也不）、no sólo... sino que también（不只……而且）；「選擇性」連接詞：o（或者）、u（或者）、o bien（或者）；「反義」的連接詞：pero（但是）、empero（可是）、sin embargo（然而）等等；「推理式」的連接詞：así que（所以）、luego（之後）、de modo que（那麼）、de manera que（那麼）。後者包括表「時間」的連接詞：cuando、cada vez que、en cuanto、apenas、hasta que、antes de que、después de que、tan pronto como、desde que、a medida que、siempre que、etc.；「讓步」的連接詞：aunque、a pesar de que、por mucho que、etc.；「目的」的連接詞：para que、a fin de que、de modo que、etc.；「條件」的連接詞： con tal de que、a menos que、etc.；「原因」的連接詞：porque、como、puesto que、ya que、dado que、etc.；「結果」的連接詞：así que、por eso、de modo que、etc.；「方式」的連接詞：según、como、como si、etc.；「比較」的連接詞：tan...como、 tanto...como、más...que、más que、menos...que、menos que等等。

(9)感嘆詞（**Exclamación**）：西班牙語有許多表示情感的感嘆詞，例如：bah、oh、puf 等等。我們只要了解各個感嘆詞表達何種情感，就可以自如地使用它們。在使用感嘆詞時一般要在它的前後加驚嘆號。

Prefacio

Cuando empezé a estudiar español, tenía dieciocho años. Aparentemente, es un poco tarde para aprender una lengua extranjera. Conforme a la opinión de los lingüistas, la mejor etapa para aprender una segunda lengua en nuestra vida es más o menos antes de los catorce años, ya que a esa edad se tiene la mente limpia y se aprende el idioma imitando a las personas que nos rodean. El proceso de aprendizaje ha de ser tanto a nivel auditivo, oral, lectura como de escritura. En realidad, este proceso de aprendizaje de la segunda lengua es igual que el de la lengua materna. Cuando éramos pequeños, no estudiábamos nada de gramática sino que, al oír un montón de frases u oraciones conseguíamos un sistema de hábitos expresivos que constituye nuestro idioma. Esto quiere decir que podemos hablar sin saber lingüística, al igual que realizamos la digestión sin saber como se realiza ésta.

Sin embargo, para nosotros los que ya tenemos más de quince años, es imposible que aprendamos una lengua extranjera con el mismo método que utilizan los niños. Debemos hacer muchos ejercicios, y por supuesto, también cometemos un gran número de errores y además sintetizamos estas experiencias para llegar a formar un hábito expresivo que entienda todo el mundo. Por consiguiente, la adquisición lingüística es un aprendizaje inteligente. Podemos lograrla por la semejanza de la estructura sintáctica sin pensar cuando está compuesta de unidades totalmente distintas. Esto también sirve para hacer una comparación entre la segunda lengua y la lengua materna.

La lingüística es una investigación científica del lenguaje humano. Este estudio científico incluye fonología, sintaxis, semántica, morfología, etc. También es una ciencia empírica. Llamamos ciencia empírica porque es un estudio que se establece en la observación de los hechos. Debido a que podemos crear infinitas frases u oraciones, los lingüistas a la vez tienen una cantidad inmensa de frases u oraciones para investigar. Por consiguiente, el trabajo de los lingüistas consiste no sólo en analizar las estructuras sintácticas, sino también en explicar porqué nuestro cerebro es capaz de inventar tantas frases y al mismo tiempo de comprender estas frases hechas por otras personas.

El estudio de la lingüística en Occidente se ha empezado desde hace mucho tiempo. Mientras que la lingüística china, no está tan avanzada, a pesar de que nuestra lengua existe desde hace casi cinco mil años. De hecho fue iniciado por Ma Chien-Chung en su libro Ma Shih Wen T'ung publicado en 1898. Antes, los chinos ponían más enfasis en el estudio de los carácteres, los sonidos y las explicaciones de las palabras, ya que ignoraban el estudio de la gramática. Por eso, la investigación de nuestra gramática todavía está en la etapa de evolución, y aun más, se podría decir que hoy en día, no hay ningún gramático chino que no esté influído por las teorías lingüísticas occidentales. Ellos tratan de utilizar el sistema gramatical del Latín o del Inglés para explicar la gramática China. Sin embargo, con mucha frecuencia cometen errores y dan una explicación forzosa debido a que ignoran ciertas características específicas del chino. En mi opinión, la razón es que usan un método ilativo en vez de un método sintético.

Ahora bien, al hojear el presente libro sin duda se percatará el lector de que se inclina más a una exposición sintáctica del español y del chino. En ello he intentado exponer del modo más sencillo posible algunos de los aspectos de una sintaxis general. Se trata, como dijimos, de esbozar una sintaxis general descriptiva. También aportamos una bibliografía amplia en la cual el lector encontrará una sucinta selección de libros y artículos sobre las cuestiones tratadas en sendos capítulos. Como un breve resumen, confiamos en que el presente trabajo sea el primero que efectúa una descripción comparativa sobre la sintaxis en chino y en español, y que sea una sólida aportación para arrojar luz en estudios posteriores.

Carlos Wang
En la Universidad Nan-Tai

目錄 (Índice)

西班牙語字母表

● 西班牙語字母表

大寫	小寫	大寫	小寫
A	a	N	n
B	b	Ñ	ñ
C	c	O	o
CH	ch	P	p
D	d	Q	q
E	e	R	r
F	f	RR	rr
G	g	S	s
H	h	T	t
I	i	U	u
J	j	V	v
K	k	W	w
L	l	X	x
LL	ll	Y	y
M	m	Z	z

● 西班牙語字母發音與國際音標

大寫	小寫	西班牙語發音	國際音標
A	a	[a]	[a]
B	b	[be]	[be]
C	c	[ce]	[θe]
CH	ch	[che]	[tʃe]
D	d	[de]	[de]
E	e	[e]	[e]
F	f	[efe]	[efe]
G	g	[ge]	[xe]
H	h	[hache]	[atʃe]
I	i	[i]	[i]
J	j	[jota]	[xota]
K	k	[ka]	[ka]
L	l	[ele]	[ele]
LL	ll	[elle]	[eʎe]
M	m	[eme]	[eme]
N	n	[ene]	[ene]
Ñ	ñ	[eñe]	[eɲe]
O	o	[o]	[o]
P	p	[pe]	[pe]
Q	q	[cu]	[ku]
R	r	[ere]	[ere]
RR	rr	[erre]	[erē]
S	s	[ese]	[ese]
T	t	[te]	[te]
U	u	[u]	[u]
V	v	[uve]	[uve]
W	w	[uve doble]	[uve doble]
X	x	[equis]	[equis]
Y	y	[i griega]	[i griega]
Z	z	[zeta]	[θeta]

西班牙語字母之辨識

　　西班牙人講話時，特別是電話裡，有時怕對方聽不清楚，在遇到單字中可能字母發同樣的音，拼寫卻不一樣（例如：b與v），或像是清音[p]、濁音[b]容易聽不清楚，這時他們會先說出該字母（例如：b），再說出某個常用單字（通常是國名、地名，例如：Barcelona）。如以下範例所示，單字的起首字母必須是與這個造成混淆的字母同一個。

A	a	A de América
B	b	B de Barcelona
C	c	C de César
CH	ch	CH de Chile
D	d	D de Dinamarca
E	e	E de España
F	f	F de Francia
G	g	G de género
H	h	H de Honduras
I	i	I de Italia
J	j	J de Japón
K	k	K de Kuwait
L	l	L de Londres
LL	ll	LL de llevar
M	m	M de México
N	n	N de Nicaragua
O	o	O de Óscar
P	p	P de Perú
Q	q	Q de Quito
R	r	R de Rusia
S	s	S de Sevilla
T	t	T de Taiwán

U	u	U de Uruguay
V	v	V de Venezuela
W	w	W de Washington
X	x	X de xenófilo
Y	y	Y de yate
Z	z	Z de Zambia

　　值得一提的是，西班牙皇家語言學院在一九九五年將字母CH與LL分別置於字母C與L底下，所以字母表原本包含二十八個字母，現在減為二十六個。不過，這個做法按作者課堂上聽到皇家語言學院院士Salvador Caja的說法：是配合歐洲共同體經濟整合，統一各國語言字典編排。但是他本人是相當反對的，因為CH/č/與LL/ʎ/本來就是西班牙語固有的「音素」，是西班牙文化傳承的一部分，而且CH[če]跟C[θe]、LL[eʎe]跟L[ele]發音完全不一樣，怎能隨便改之。儘管如此，西班牙皇家語言學院字典（Diccionario de la Lengua Española de la Real Academia Española）從二〇〇一年、第二十二版，還是將字母CH與LL分別置於字母C與L底下。

1 代名詞 (Los pronombres)

代名詞具有名詞的性質，可當句中的主詞，亦可避免同樣的人、事、物重複指涉。

■ **本章重點**　● 代名詞
　●　　人稱代名詞
　●　　限定詞
　●　　關係代名詞

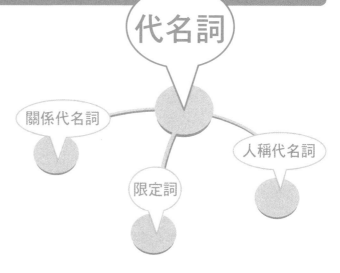

代名詞

關係代名詞　限定詞　人稱代名詞

● 代名詞

　　西班牙語的代名詞語法上可分為「人稱代名詞」（pronombres personales）、「指示代名詞」（pronombres demostrativos）、「關係代名詞」（pronombres relativos）、「疑問代名詞或感嘆詞」（pronombres interrogativos o exclamativos）、「不定代名詞」（pronombres indefinidos）、「數詞代名詞」（pronombres numerales）、「所有格代名詞」（pronombres posesivos）與「冠詞」（artículo）[註]。其中「人稱代名詞」我們可以再續分為「重讀代名詞」（pronombres personales tónicos (no clíticos)）、「非重讀代名詞」（pronombres personales átonos (clíticos)）。

　　上述「重讀代名詞」指的是人稱代名詞，像是yo、tú、él等，在文

[註]　「指示代名詞」（pronombres demostrativos）、「疑問代名詞或感嘆詞」（pronombres interrogativos o exclamativos）、「不定代名詞」（pronombres indefinidos）、「數詞代名詞」（pronombres numeral es）、「所有格代名詞」（pronombres personales posesivos）與「冠詞」（artículo），這六項屬於「限定代名詞」（pronombres determinantes）的範疇。

法功用上當主格（sujeto）；或是緊接在介系詞後面的人稱（mí、ti、sí....）。這一類人稱代名詞都是位居音節核心，發音時很自然地唸得比較用力，所以稱之為「重讀人稱代名詞」。而「非重讀代名詞」指的是文法功用上當「直接受詞」（acusativo o complemento directo），例如：me、te、lo、la、nos、os、los、las；或「間接受詞（dativo o complemento indirecto），例如：me、te、se、nos、os；還有「反身代名詞」（reflexivo），例如：me、te、se、nos、os。接著我們依照上面的分類逐一描述、介紹每一種代名詞的使用方式。

● 人稱代名詞

西班牙語的「人稱代名詞」，如果按照文法的功用（función）來區分，可以有下列的使用方式：擔任句子裡的「主格」或「主詞」，這一類人稱代名詞在語法上我們又把它們稱為「重讀人稱代名詞」（pronombres personales tónicos）。若是擔任句子裡的「直接受詞」、「間接受詞」，或是「反身代名詞」，語法上稱之為「非重讀人稱代名詞」（pronombres personales átonos）。要注意的是非重讀代名詞的第三人稱單、複數並不像其它人稱的外在形式（forma）都一樣，須仔細分別使用。這部分也是初學者學習時較易犯錯的地方，我們建議除了牢記下面表格裡每一個人稱代名詞擔任的文法功用之外，再來就是多聽、多說、多練習。

Nominativo Sujeto 主格		Pronombres Reflexivos 反身代詞	Acusativo C.D. 直接受詞	Dativo C.I. 間接受詞
Yo	我	Me	Me	Me
Tú	你	Te	Te	Te
Él	他		Lo	
Ella	她	Se	La	Le
Usted	您		Lo	
Nosotros Nosotras	我們	Nos	Nos	Nos

Nominativo Sujeto 主格		Pronombres Reflexivos 反身代詞	Acusativo C.D. 直接受詞	Dativo C.I. 間接受詞
Vosotros Vosotras	你們	Os	Os	Os
Ellos Ellas Ustedes	他們 她們 您們	Se	Los Las Los	Les

　　我們已經看到「重讀人稱代名詞」除了可以擔任句子裡的「主詞」之外，它還可以與介系詞連用，此一語法現象西班牙語稱之為ablativo。請注意，只有第一人稱單數 yo 與第二人稱單數 tú 若緊接在介系詞 con 後面須做改變，其它的人稱不論單、複數都不受影響，仍保持原來人稱代名詞的形式。請看下列表格：

Sujeto 主格	Formas átonas (C.D. / C.I.) 非重讀形式	Formas tónicas 重讀形式	Forma de compañía 陪伴
yo	me	prep. + mí	conmingo
tú	te	prep. + ti	contigo
nosotros nosotras	nos	prep. + {nosotros/nosotras}	con {nosotros/nosotras}
vosotros vosotras	os	prep. + {vosotros/vosotras}	con {vosotros/vosotras}

Sujeto 主格	Formas átonas (C.D. / C.I.) 非重讀形式	Formas tónicas 重讀形式	Forma de compañía 陪伴
él	lo / le (se)	prep. + él	con él
ella	la / le (se)	prep. + ella	con ella
ello	lo	prep. + ello	
ellos	los / les (se)	prep. + ellos	con ellos
ellas	las / les (se)	prep. + ellas	con ellas

Sujeto 主格	Formas átonas (C.D. / C.I.) 非重讀形式	Formas tónicas 重讀形式	Forma de compañía 陪伴
usted	le – la / le	prep. + usted	con usted
ustedes	los – las / les (se)	prep. + ustedes	con ustedes

▶ Quiero estar *contigo*.
我要跟你在一起。

▶ El muchacho quiere estar *conmigo*.
這小男孩想跟我在一起。

▶ Este regalo es para *mí*.
這禮物是給我的。

▶ Este libro es para *ti*.
這本書是給你的。

1. 反身代名詞SE

西班牙語反身代名詞SE若與動詞結合成為反身動詞，在語法功用上是做人稱代名詞的間接受詞。在下面的例句中，**反身代名詞 SE 是取代非重讀人稱代名詞 le、les 做間接受詞**：

▶ <u>Le</u> doy <u>los   libros</u> (a Juan).
  C.I.   *C.D. = los*

  = **Se** <u>los</u> doy (a Juan).
    C.I. C.D.

我把書給璜。

> 🔍 提示
>
> Se = a Juan/ Se   取代 Le
>
> C.I. = Complemento Indirecto   間接受詞
>
> C.D. = Complemento Directo   直接受詞

▶ *Les* dieron <u>las manzanas</u> (a ellos)
  C.I.   *C.D. = las*

  = **Se**   <u>las</u> dieron (a ellos).
    C.I.   *C.D.*

我把蘋果給他們。

> 🔍 提示
>
> Se = a ellos/ Se   取代 Les

▶ (Le) He entregado <u>un paquete</u> <u>al conserje</u>
         C.D. = lo   *C.I.*

  = **Se**   <u>lo</u> he entregado.
    C.I.   *C.D.*

我把包裹交給門房。

> 🔍 提示
>
> a + el = al
>
> Se = al conserje

> ☀ 注意
>
> 間接受詞如果是名詞，非重讀人稱代名詞Le可省略。

▶ No **le** he visto a <u>ella.</u>
              人稱代名詞

我沒看他。

> ☀ 注意
>
> 間接受詞如果是重讀人稱代名詞，非重讀人稱代名詞le不可
> 省略。

▶ **Le** conozco a María.

= **La** conozco.

⊗ La conozco a María.

我認識瑪麗亞。

> ☼注意
>
> ① 如果介系詞引導的名詞作間接受詞，表示強調或指出確切的人，不可用非重讀人稱代名詞 lo 或 la 替代 le。
> ② 但是a María若未出現在句中，非重讀人稱代名詞 lo 或 la 就可以替代 le。

2. 非重讀人稱代名詞

◆ 縮寫

非重讀人稱代名詞作直接受詞 lo、los、la、las 與間接受詞 le、les，在下列情況下可以縮寫：

(1)與肯定命令式的動詞縮寫：

範例 ▶ 對話①：

Juan: Dále el libro a María.

　　　把書給瑪麗亞。

Ana: ¿Qué? Que le doy el libro a María.

　　　什麼？我把書給瑪麗亞？

Juan: Sí, **dáselo**.　　(- dálelo - dáselo)

　　　是的，給她。

▶ 對話②：

Juan: Dále los libros a ella.

　　　把這些書給她。

Ana: ¿Qué? Que le doy los libros a ella.

　　　什麼？我把這些書給她？

Juan: Sí, **dáselos**.　　(- dálelo - dáselos)

　　　是的，給她。

▶ 對話③：

　Juan: Dáles el libro a ellos.
　　　　把書給他們。

　Ana: ¿Qué? Que les doy el libro a ellos.
　　　　什麼？我把書給他們？

　Juan: Sí, 'dáselo'.　(- dáleslo - dáselo)
　　　　是的，給他們。

▶ 對話④：

　Juan: Dáles los libros a ellos.
　　　　把這些書給他們。

　Ana: ¿Qué? Que les doy los libros a ellos.
　　　　什麼？我把這些書給他們？

　Juan: Sí, dáselos.　(- dáleslos - dáselos)
　　　　是的，給他們。

(2)與原形動詞的縮寫：

範例 ▶ Voy a <u>comprar</u>　<u>un coche.</u>
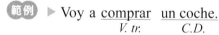
　　　　　　　V. tr.　　　　*C.D.*

　　　= Voy a comprarlo.

　　　= Lo voy a comprar.　(Lo = un coche)
　　　我要買一部車子。

> 提示
>
>　V. tr. = verbo transitivo 及物動詞

▶ Voy a <u>comprar</u> <u>dos coches.</u>
　　　　　　V. tr.　　　*C.D.*

　　　= Voy a comprarlos.

　　　= Los voy a comprar.　　(Los = dos coches)
　　　我要買兩部車子。

▶ Vamos a vender la casa.

　　　= Vamos a venderla.

　　　= La vamos a vender.
　　　我們要賣這間房子。

▶ Vamos a vender las casas.

= Vamos a venderlas.

= **Las** vamos a vender.

我們要賣這些房子。

(3)與動詞現在進行式（Gerundio）的縮寫：

 ▶ Estamos <u>comiendo</u> <u>la paella.</u>
     V. gerundio.   *C.D.*

= Estamos comiéndola.

= **La** estamos comiendo. (La = la paella)

我們正在吃海鮮飯。

▶ Estamos <u>pegando</u> <u>sellos</u> en los sobres.
     V. gerundio. *C.D.*

= Estamos pegándolos (en los sobres).

= **Los** estamos pegándo. (Los = sellos)

我們正在信封袋上貼郵票。

▶ Estamos <u>abriendo</u> <u>las ventanas.</u>
     V. gerundio.   *C.D.*

= Estamos abriéndolas.

= **Las** estamos abriendo. (Las = las ventanas)

我們正在開窗戶。

◆ **用作直接受詞**

直接受詞（complemento directo）若出現在動詞前，必須用非重讀人
稱代名詞再重複一次。

範例 ▶ Esa ley **la** aprobaron en el 1986.
那條律法他們在一九八六年通過。

LO	陽性、單數。替代先前所指人、物。	▶ El libro que me regalaste ya lo he leído. 你送給我的書我已讀過。
LOS	陽性、複數。替代先前所指人、物。	▶ ¿Dónde están los libros que te presté? 我借給你的書在哪？ ▶ Los he dejado en tu mesa. 我放在你桌上。
LO	中性代詞。替代先前所指想法。	▶ A: Hoy voy a llegar temprano. B: Lo dudo. A: 今天我會早到。 B: 我懷疑。
LA	陰性、單數。替代先前所指人、物。	▶ ¿Ves a esa chica? 你看見那女孩？ No, no la veo. 不，我沒看見。
LAS	陰性、複數。替代先前所指人、物。	▶ Las plantas me encantan pero no las aguanto, me dan alergia. 我喜歡植物，卻受不了。我會過敏。

◆ 用作間接受詞

| LE | 單數。替代先前所指人、物。 | ▶ No le has puesto sal (a la comida).
你食物裡沒放鹽。 |
| LES | 複數。替代先前所指人、物。 | ▶ Les he dicho (a los niños) que pueden ir al cine.
我跟小朋友說過他們可以去看電影。 |

說明　LE / LES使用時需注意的地方：

❶ 當句子裡的間接受詞（Dativo）：

▶ Le he dado el libro.

我給了他書。

❷ 語意上具有所有格的意義（Valor posesivo）：

▶ Le tomó la temperatura (la de {él / ella}).

我給{他／她}量體溫。

❸ 語意上具有彼此影響的關係（Valor de interés）：

▶ Se le reían en sus narices (en alternancia con: se reían de él).

他們嘲笑他。

● 限定詞

　　本章一開始我們有提到：「限定詞」包含「指示代名詞」、「所有格代名詞」、「數詞代名詞」、「不定代名詞」、「疑問代名詞或感嘆詞」與「冠詞」。除了冠詞，上述五種代名詞依其名稱，自然是替代對話中已提到過的名詞。因此，句法上這五種代名詞後面是不接名詞的。如果後面接名詞，語法功用上則相當於形容詞，我們另外給它們一個名稱，分別稱為「指示形容詞」、「所有格形容詞」、「數詞形容詞」、「不定形容詞」、「疑問或感嘆形容詞」。至於「冠詞」，由於它與名詞的關係較為緊密，我們留待第二章再詳細解釋。

1. 指示形容詞與指示代名詞

◆ 指示形容詞（Adjetivos demostrativos）

　　從句法功用上來看，指示形容詞（Adjetivos demostrativos）是修飾後面的名詞，具有形容詞的性質，那麼它與其所修飾的名詞之單複數、陰陽性就必須一致。在下列表格中，每一列的例句中我們逐一介紹每個指示形容詞，同時請讀者注意：句中各個詞類之單複數、陰陽性變化都是以名詞為依據去做改變。

距離遠近 ＼ 詞類	指示形容詞 Demostrativos		主詞 Sujeto	動詞 Verbo	形容詞 Adjetivo
Cerca del hablante 靠近說話者	Este	這	coche	es	negro
	Estos	這些	coches	son	negros
	Esta	這	niña	es	guapa
	Estas	這些	niñas	son	guapas
Lejos del hablante 距離說話者遠	Aquel	那	chico	es	alto
	Aquellos	那些	chicos	son	altos
	Aquella	那	corbata	es	roja
	Aquellas	那些	corbatas	son	rojas

詞類 距離遠近	指示形容詞 Demostrativos		主詞 Sujeto	動詞 Verbo	形容詞 Adjetivo
Ni cerca ni lejos 不近不遠	Ese	那	coche	es	negro
	Esos	那些	coches	son	negros
	Esa	那	niña	es	guapa
	Esas	那些	niñas	son	guapas

此外，指示形容詞放在名詞後面，表示輕蔑。

 ▶ ese hombre

那個人

▶ el hombre ese

那傢伙、那小子

◆ 指示代名詞（Pronombres demostrativos）

說明 ▶ ❶ 指示代名詞的形式與指示形容詞一樣，但是必須標有重音標符號，表示省略先前提到過的名詞。例如：

▶ Esta chaqueta americana es mía, <u>aquélla</u> es tuya.

（aquélla ＝ aquella chaqueta americana）

這件西裝外套是我的，那件是你的。

❷ 指示代名詞亦有中性的形式：esto、eso、aquello。它所要表達與替代的是先前提到過的事件或概念。例如：

▶ No me invitó a la fiesta y aquello no me gustó.

（aqullo = no me invitó a la fiesta）

他沒邀我去舞會，那件事令我不悅。

2. 所有格形容詞與所有格代名詞

◆ **所有格形容詞**（Determinantes posesivos）

所有格形容詞可分為「前置所有格」（determinantes posesivos antepu-estos）與「後置所有格」（determinantes posesivos pospuestos）。從句法的功用來看，它具有形容詞的性質，對緊鄰的名詞起限定的作用，因此，它與所修飾的名詞之單複數、陰陽性就必須保持一致。下面我們分別介紹「前置所有格」與「後置所有格」，請注意每個所有格的形式。

(1)前置所有格：

單數：

mi	我的	tu	你的	su	他的、您的
nuestro/a	我們的	vuestro/a	你們的	su	他們的、您們的

複數：

mis	我的	tus	你的	sus	他的、您的
nuestros/as	我們的	vuestros/as	你們的	sus	他們的、您們的

說明 ▷ 前置所有格的使用：

❶ 與todo連用：
  ▶ Ella conoce a todos mis amigos.
    她認識我所有的朋友。

❷ 與基數詞連用：
  ▶ Sus dos hijos ya están casados.
    他的兩個孩子都結婚了。

❸ 與序數詞連用：
  ▶ Su segundo libro ya está publicado.
    他第二本書已經出版了。

❹ 與指示形容詞連用：

▷ Este mi primer coche es de segunda mano.
我這第一部車是二手的。

❺ Su、Sus可表達多個人稱，須藉由上下文判斷。例如：

▷ Su casa es aquélla.　(Su = de él, de ellos, de usted, de ustedes)
{他的／他們的／您的／您們的}房子是那間。

▷ Sus libros están aquí. (Sus = de él / de ellos / de usted / de ustedes)
{他的／他們的／您的／您們的}書在這裡。

請看下面範例，並注意第三人稱su、sus在翻譯時，句法和語意上的
「複數」並不等同。

 ▷ Este es mi libro.
這是我的書。

▷ Esta es mi casa.
這是我的家。

▷ Estos son mis libros.
這些是我的書。

▷ Estas son mis casas.
這些是我的房子。

▷ Este es nuestro libro.
這是我們的書。

▷ Esta es nuestra casa.
這是我們的家。

▷ Este es vuestro libro.
這是你們的書。

▷ Esta es vuestra casa.
這是你們的家。

▷ María tiene un libro. Este es su libro.
瑪麗亞有一本書。這是她的書。

▶ María tiene dos libros. Estos son **sus** libros.

瑪麗亞有兩本書。這些是她的書。

▶ María y José tienen un cohce. Este es **su** coche.

瑪麗亞和赫塞有一部車子。這是他們的車子。

▶ María y José tienen dos coches. Estos son **sus** coches.

瑪麗亞和赫塞有兩部車子。這是他們的車子。

(2)後置所有格：

單數：

mío/a	我的	tuyo/a	你的	suyo/a	他的、您的
nuestro/a	我們的	vuestro/a	你們的	suyo/a	他們的、您們的

複數：

míos/as	我的	tuyos/as	你的	suyos/as	他的、您的
nuestros/as	我們的	vuestros/as	你們的	suyos/as	他們的、您們的

說明 │ 後置所有格的使用：

❶ 前面加冠詞：

　▶ Él es un amigo mío.

　　他是我的一個朋友。

　▶ Ya he recibido la invitación suya.

　　我已經收到您的邀請函。

❷ 前面加指示代名詞：

　▶ No me cae bien este amigo tuyo.

　　我對你的這位朋友印象不好。

❸ 前面加數詞：

　▶ Han llegado dos amigos nuestros.

　　我們兩位朋友已經到了。

❹ 前面加不定代名詞：

▶ No he encontrado ningún libro suyo en la librería.
我在書店裡找不到你的書。

請看下面範例並注意第三人稱suya、suyas在翻譯時，句法和語意上的「複數」並不等同。

 ▶ Este vaso es mío.
這杯子是我的。

▶ Esta camisa es mía.
這襯衫是我的。

▶ Estos vasos son míos.
這些杯子是我的。

▶ Estas camisas son mías.
這些襯衫是我的。

▶ Este vaso es nuestro.
這杯子是我們的。

▶ Esta casa es nuestra.
這房子是我們的。

▶ Estos vasos son nuestros.
這些杯子是我們的。

▶ Estas camisas son nuestras.
這些襯衫是我們的。

▶ María tiene un abrigo. Este es suyo.
瑪麗亞有一件外套。這件是她的。

▶ María tiene dos abrigos. Estos son suyos.
瑪麗亞有兩件外套。這兩件是她的。

▶ María y Luis tienen una bicicleta. Esta es suya.
瑪麗亞和路易斯有一輛腳踏車。這輛是他們的。

▶ María y Luis tienen dos bicicletas. Estas son **suyas**.
瑪麗亞和路易斯有兩輛腳踏車。這兩輛是他們的。

◆ **所有格代名詞**（pronombres posesivos）

首先，讓我們先看下面的範例：

 ▶ Alicia: Esta chaqueta es mía.
這件外套是我的。

▶ María: Es cierto, la mía la dejé en casa.
的確，我的我把它放在家裡。

> ☀注意
> 這兩句的（mía）都是所有格代名詞，替代先前提到的名
> 詞（chaqueta）。

此外，所有格代名詞亦有中性的形式：lo mío、lo tuyo、lo suyo (de él/de ella/de usted)、lo nuestro、lo vuestro、lo suyo (de ellos/de ellas de ustedes)。中性代名詞lo所要替代的是先前提到過的事物，無論多少，都用lo表達一個整體數量。

 ▶ Lo mío ya está recogido ya.
(Lo mío = el conjunto de mis cosas)
我的部分已經收好了。

3. 數詞形容詞與數詞代名詞

◆ **數詞形容詞**（Determinantes numerales）

「數詞形容詞」，其功用是指出事物的確切數目，它可分為「基數詞」（Cardinales）與「序數詞」（Ordinales）。

(1)基數詞（Cardinales）：

0	cero	10	diez	20	veinte
1	uno	11	once	21	veintiuno
2	dos	12	doce	22	veintidós
3	tres	13	trece	23	veintitrés
4	cuatro	14	catorce	24	veinticuatro
5	cinco	15	quince	25	veinticinco
6	seis	16	dieciséis	26	veintiséis
7	siete	17	diecisiete	27	veintisiete
8	ocho	18	dieciocho	28	veintiocho
9	nueve	19	diecinueve	29	veintinueve
30	treinta	31	treinta y uno		

40 cuarenta	50 cincuenta	60 sesenta
70 setenta	80 ochenta	90 noventa

100 cien   101 ciento uno

200 doscientos doscientas	300 trescientos trescientas	400 cuatrocientos cuatrocientas	500 quinientos quinientas
600 seiscientos seiscientas	700 setecientos setecientas	800 ochocientos ochocientas	900 novecientos novecientas

1,000 mil	1,001 mil uno	1,100 mil cien

2,000   dos mil
10,000   diez mil
100,000   cien mil
1000,000   un millón

說明 ▸ 基數詞的使用：

❶ **uno、veintiuno 後面接陽性名詞時，-o 要去掉：**

▶ un libro
一本書

▶ **veintiún libros**
二十一本書

❷ ciento後面接名詞時，-to要去掉：

▶ cien coches
一百輛車

▶ cien mil pesetas
十萬西幣（比塞塔）

❸ 十位數與百位數之間要加連接詞y：

▶ 42 / cuarenta y dos

❹ 十位數若為零時，則不加連接詞y：

▶ 108 / ciento ocho

❺ 數字二百到九百有陰陽性變化，須與後面的名詞一致：

▶ doscientos libros
二百本書

▶ doscientas personas
二百人

❻ Mil表數字時，沒有單複數變化：

▶ mil estudiantes
一千個學生

注意

但是當名詞時，有複數形：

▶ Miles de manifestantes están en la calle.
上千名示威人士在街上。

(2)序數詞（Ordinales）：

1.º	primero / primer	11.º	undécimo
2.º	segundo	12.º	duodécimo
3.º	tercero o tercer	13.º	decimotercero
4.º	cuarto	14.º	decimocuarto
5.º	quinto	15.º	decimoquinto
6.º	sexto	16.º	decimosexto
7.º	séptimo	17.º	decimoséptimo
8.º	octavo	18.º	decimoctavo
9.º	noveno o nono	19.º	decimonono
10.º	décimo	20.º	vigésimo
21.º	vigésimo primero	22.º	vigésimo segundo
30.º	trigésimo	40.º	cuadragésimo
50.º	quincuagésimo	60.º	sexagésimo
70.º	septuagésimo	80.º	octogésimo
90.º	nonagésimo	100.º	centésimo

說明 | 序數詞的使用：

❶ primero、tercero後面接陽性名詞時，-o要去掉：

▶ el primer día de mayo

　五月第一天

▶ el tercer piso

　第三層樓

❷ 十二以上的序數詞一般用基數詞替代：

▶ Alfonso XII

▶ Piso 13

◆ **數詞代名詞**（Pronombres numerales）

數詞代名詞的形式與數詞形容詞一樣，不過，既是代名詞，句法功用上主要是替代先前提到過的名詞。

► Sube al tercero (= tercer piso) y dile a Luis que le esperamos abajo los tres (tres visitantes).

你到三樓去，跟路易斯說我們三個客人在樓下等他。

4. 不定形容詞與不定代名詞

◆ 不定形容詞（Determinantes indefinidos）

不定形容詞指出所限定的名詞其數量是不確定的。下面我們列出西班牙語之不定形容詞：

mismo (-a, -os, -as)	同樣的	diverso (-a, -os, -as)	多樣的
algún (-a, -os, -as)	某個	tanto (-a, -os, -as)	如此多的
ningún (-a, -os, -as)	無	cierto (-a, -os, -as)	某個
mucho (-a, -os, -as)	許多的	otro (-a, -os, -as)	另一個
poco (-a, -os, -as)	少許	todo (-a, -os, -as)	所有的
igual (-es)	一樣的	varios (-as)	不同的
cada	每個	cualquiera, cualesquiera	任一
más	多的	menos 少	的

 ► He comprado muchos libros.
我買了很多書。

◆ 不定代名詞（pronombres indefinidos）

不定代名詞的形式與不定形容詞一樣，不過，既是代名詞，句法功用上主要是替代先前提到過的名詞。

 ► Luis: ¿Has comprado libros?
你買書了嗎？

► Dora: Sí, he comprado muchos.
是的，我買了很多。

> **注意**
>
> alguien（某人）、nadie（沒人）、algo（某事）、nada（無），永遠是當作不定代名詞，形態上也沒有陰陽性、單複數的變化。例如：
>
> ▶ Luis: ¿Quieres algo de comer?
>
>   你要吃什麼嗎？
>
> ▶ Dora: No, nada.
>
>   不，什麼都不要。

5. 疑問、感嘆形容詞與疑問代名詞

◆ 疑問形容詞、感嘆形容詞

（Determinantes interrogativos y exclamativos）

西班牙語的疑問形容詞、感嘆形容詞常用的有兩個：qué（什麼）、cuánto（多少）。作為疑問、感嘆形容詞一定是出現在名詞的前面，句首句尾都要帶上問號與驚嘆號，且句首的符號要倒過來寫。qué 並無陰陽性、單複數變化，但是 cuánto (-a, -os, -as) 有。

(1)Qué（什麼）：

範例 ▶ ¿Qué lenguas habla usted?
    您會說什麼語言？

(2)Qué（多麼）：

範例 ▶ ¡Qué fiesta más agradable!
    多麼愉快的舞會！

(3)Cuánto（多少）：

範例 ▶ ¿Cuánto dinero te ha costado?
    這花了你多少錢？

▶ ¡Cuánto dinero tienes!
你好有錢！

(4)Cuánta（多少）：

範例 ▶ ¿Cuánta agua queda?
還剩多少水？

▶ ¡Cuánta gente hay en la calle!
街上好多人！

(5)Cuántos（多少）：

範例 ▶ ¿Cuántos años tiene usted?
您幾歲？

▶ ¡Cuántos libros se amontonan sobre la mesa!
桌上堆滿了好多書！

(6)Cuántas（多少）：

範例 ▶ ¿Cuántas mesas hay en esta aula?
這間教室有幾張桌子？

▶ ¡Cuántas sillas hay en esta aula!
教室好多椅子啊！

◆ 疑問代名詞（Pronombres interrogativos）

西班牙語的疑問代名詞、感嘆代名詞有下列四個[註]：qué（什麼）、cuánto（多少）、cuál（哪一個）、quién（誰）。

(1)qué（什麼）：
qué 形態上沒有陰陽性、單複數變化。句法上後面不接名詞，但是 qué 實際上是詢問有關此一名詞所指涉的人、事、物。

[註] 請注意：dónde（哪裡）、cuándo（何時）、cómo（如何），語法上我們將它們歸屬於疑問副詞（Adverbios interrogativos）。

範例 ▶ ¿Qué prefieres?
你比較喜歡哪一個？

(2)cuánto（多少）：

cuánto形態上有陰陽性、單、複數變化。句法上後面不接名詞，但
是 cuánto (-a, -os, -as)實際上是詢問有關此一名詞所表達的數量。

範例 ▶ ¿Cuántos han llegado?
多少人已經到了？

(3)quién（誰）：

quién 形態上只有單複數變化。句法上後面不接名詞，quién、quié-
nes 只能指人或擬人化的事物。

範例 ▶ ¿Quién es?
是誰？

(4)cuál（哪一個）：

cuál 形態上只有單複數變化。cuál、cuáles 是問已知的人或事物。
cuál 後面接動詞或「cuál + de + 名詞」的句子結構。

範例 ▶ ¿Cuál es tu número de teléfono?
你的電話幾號？

▶ ¿Cuáles escoges?
你選哪些？

▶ ¿Cuál de ellos te gusta más?
你比較喜歡他們之中哪一個？

⬤ 關係代名詞

西班牙語關係代名詞的形式如下列表格：

單複數＼陰陽性	陽性	陰性	中性
單數	(el) que el cual quien cuyo cuanto	(la) que la cual quien cuya cuanta	lo que lo cual cuanto
複數	(los) que los cuales quienes cuyos cuantos	(las) que las cuales quienes cuyas cuantas	

1. 關係形容詞子句

從句法的角度來看，關係代名詞有以下的特點：它跟代名詞一樣，可以替代一個名詞或名詞詞組。

 ▶ Tengo un hermanito. (Él) Estudia en Madrid.
我有一個弟弟。他在馬德里念書。

我們可以使用關係代名詞 que 替代先行詞 un hermanito，這句話就變成如下：

▶ Tengo un hermanito, que estudia en Madrid.

上述之例句，由關係代名詞que引導出之子句，語法功用上相當於形容詞，修飾前面的先行詞 un hermanito。該句又稱為「關係形容詞子句」（proposición subordinada adjetiva / proposición subordinada de relativo），是表示非限定的。
中文的關係形容詞子句只有表示限定的，西班牙語的關係形容詞子句則有表示限定的和非限定的，差別在非限定的關係形容詞子句說話時有語氣上的停頓，書寫時則有一逗號。

▶ Elena tiene un hermano que estudia en Barcelona.
表示限定的關係形容詞子句

愛蓮娜有一位在<u>巴賽隆納唸書的弟弟</u>。

▶ Elena tiene un hermano, que estudia en Barcelona.
表示非限定的關係形容詞子句

愛蓮娜有一位弟弟，他在巴賽隆納唸書。

第一句範例中沒有逗號，表示愛蓮娜不只有一位弟弟，但說話者目前提到的是限定那一位在巴賽隆納唸書的弟弟。第二句範例中有逗號，表示愛蓮娜只有一位弟弟，關係形容詞子句用來補充說明那位弟弟在巴賽隆納唸書。

2. 無先行詞之關係形容詞子句

句法上，我們稱作「無先行詞之關係形容詞子句」，是因為關係代名詞引導之關係形容詞子句並無「先行詞」（antecedente）以補充說明或修飾，反而像是名詞一樣做句子的主詞。西班牙文法家稱之為「關係形容詞子句名詞化」（sustantivación de las proposiciones adjetivas）。

 ▶ <u>Quien lo haga</u> tendrá mi agradecimiento.
關係形容詞子句作主詞

誰做了那件事，我都很感謝。

▶ <u>El que bien te quiere</u> te hará llorar.
關係形容詞子句作主詞

最疼你的人，往往會讓你哭。

3. 關係副詞子句

西班牙語的關係形容詞子句作補語，文法上是藉由關係代名詞引導關係形容詞子句，補充說明或修飾「先行詞」（antecedente），可以表示「方式」、「時間」、「地方」等等。

▶ No me gustó el modo como tratas a tus amigos.

關係形容詞子句作補語，表示「方式」

= No me gustó el modo con el que tratas a tus amigos.

我不喜歡你對待你朋友的方式。

▶ ¿Recuerdas los años cuando estábamos en el colegio?

關係形容詞子句作補語，表示「時間」

= ¿Recuerdas los años en los que estábamos en el colegio?

你記得我們在學校那些年？

▶ Es en este café donde estuvimos ayer.

關係形容詞子句作補語，表示「地方」

= Es en este café en el que estuvimos ayer.

我們昨天就是在這家咖啡廳。

上述範例有些西班牙語文法家認為是「關係副詞子句」（Los adverbios relativos），因為這三句中的子句分別由表示方式的副詞como、表示時間的副詞cuando、表示地方的副詞 donde 所引導的副詞子句修飾主要子句。

4. Cuyo 的用法

Cuyo 必須與後面的名詞之陰陽性、單複數變化保持一致。

 ▶ Esoty leyendo una novela, cuyo autor es español.

我正在讀一本小說，它的作者是西班牙人。

■練習題

Ⅰ.代名詞

1. 簡單句裡各個詞類陰陽性與單複數一致性都是以主詞的核心名詞為主，例如：*Este libros es bueno. 不是一個正確的句子，錯誤的字（或詞類）我們用刪除線畫在該字上面，也就是：Este ~~libros~~ es ~~bueno~~。這句話應修正為Estos libros son buenos.。在下列十個句子裡，我們已將句子裡核心名詞用斜體字表示，現在請把每個句子裡錯誤的字改正過來，重新將句子正確完整的寫出。

   - Este *coche* es negra.

   - Estos *coche* son negros.

   - Esta *niño* es guapa.

   - Estas *niñas* son guapa.

   - Aquel *chicos* es alto.

   - Aquellos *chicos* son altas.

   - Ese *coches* son negro.

   - Esos *coches* son negro.

   - Esa *niñas* es guapas.

   - Esas *niñas* son guapos.

2. Entre _____ (tú) y _____ (yo) haremos un trabajo estupendo.

3. Según _____ (tú), ¿cómo se pronuncia esta palabra?

4. No entiendo por qué nunca quieres salir con _____ (nosotros).

5. Supongo que eso depende ahora de _____ (tú).

6. Según _____ (ella), la despidieron por su impuntualidad.

7. No están contra _____ (yo), están contra _____ (tú).

8. _____ (a ella) conocimos en un restaurante.

9. El cartero _____ (a nosotros) entregó todas las cartas que tenía.

10. ¿Has visto esa película? No, no _____ he visto.

11. (a vosotros) _____ daremos los regalos más tarde.

12. ¿Encontraremos las llaves? No _____ sé.

13. ¿Estás cansada? Sí, _____ estoy.

14. _____ dije al tapicero que prefería otro color.

15. _____ dije a él que prefería otro color.

16. Deberías traérmelo ya. = _____ _____ deberías traer ya.

17. Nos estamos informando. = Estamos _____.

18. _____ viste normalmente con ropa muy deportiva.

19. -Vamos a comer la paella. ¿Vienes con nosotros?

    -Sí, de acuerdo. Vamos a _____ .

20. -Juan, echa esta carta al buzón, por favor.

    -¿Cómo? ¿Que echo la carta al buzón?

    -Sí, _____ , por favor.

21. -Luis, ¿has visto a María?

    -No, no _____ he visto.

22. -Luis, ¿has visto a ellos?

    -No, no _____ he visto.

23. -¿Qué película estáis viendo?

    -Estamos viendo la película 'Ronin'.

    -¿Que estáis viendo la película 'Ronin'?

    -Sí, estamos _____.

24. Juan: ¿Qué estás haciendo? .

    Ana: Estoy cantando la canción de Luis Miguel.

    Juan: Que estás cantando la canción de Luis Miguel.

    Ana: Sí, estoy _____ .

25. Juan: ¿Qué estás haciendo?

    Ana: Estoy tomando un café.

    Juan: Que estás tomando un café.

    Ana: Sí, estoy _____ .

II.疑問詞

1. ¿ _____ lengua habla Carlos de Inglaterra?

2. ¿ _____ está la calle Goya?

3. ¿ _____ está tu familia?

4. ¿ _____ es usted?

5. ¿ _____ son estos chicos?

6. ¿ _____ es tu número de teléfono?

7. ¿ _____ escoges?

8. ¿ _____ cuesta este libro?

9. ¡ _____ gente hay en la calle!

10. ¿ _____ años tiene Laura?

11. ¿ _____ mesas hay en esta aula?

Ⅲ.所有格

1. Este es _____ libro.(de mí)

2. Esta es _____ casa.(de mí)

3. Estos son _____ libros.(de mí)

4. Estas son _____ casas.(de mí)

5. Este es _____ libro.(de nosotros)

6. Esta es _____ casa.(de nosotros)

7. Este es _____ libro.(de vosotros)

8. Esta es _____ casa.(de vosotros)

9. María tiene un libro. Este es _____ libro.

10. María tiene dos libros. Estos son _____ libros.

11. María y José tienen un coche. Este es _____ coche.

12. María y José tienen dos coches. Estos son _____ coches.

13. Este vaso es _____ .

14. Esta camisa es _____ .

15. Estos vasos son _____ .

16. Estas camisas son _____ .

17. Este vaso es _____ .

18. Esta camisa es _____ .

19. Estos vasos son _____ .

20. Estas camisas son _____ .

21. María tiene un abrigo. Este es _____ .

22. María tiene dos abrigos. Estos son _____ .

23. María y Luis tienen una bicicleta. Esta es _____ .

24. María y Luis tienen dos bicicletas. Estas son _____ .

25. Esa chaqueta americana es mía, _____ es tuya.

筆記頁

名詞 (Sustantivo o Nombre)

名詞是詞組的核心，它可以表達人、動物、事物、想法、觀念、性質、動作等。西班牙語的名詞有陰陽性與單複數的變化，初學者必須注意。

■ 本章重點
● 名詞
● 陰陽性與單複數
● 國家、語言、人
● 詞組
● 量詞
● 在比較句裡的位置

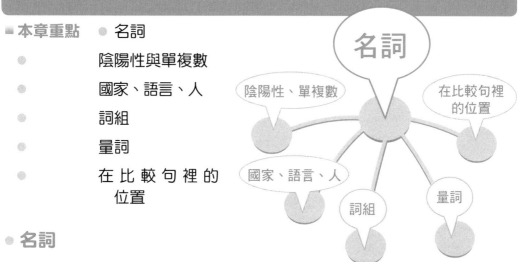

● 名詞

句法上，名詞是詞組的核心，它可以擔任各種不同的語法功能，像主詞、表語、直接受詞、補語等。語意上，從實質的觀點來看，名詞可以表達人（例如：瑪麗亞（María））、動物（例如：蜜蜂（abeja））、事物（例如：牆壁（pared））；從抽象的角度來看，它可以表達想法、觀念（例如：真實（verdad））、性質（例如：漂亮（belleza））、動作（例如：到達（llegada））。形式上，名詞有陰陽性與單複數的變化，這部分是中文沒有的，初學者必須注意。以下我們就名詞的形式變化逐一詳細介紹。

● 陰陽性與單複數

西班牙語的名詞有單複數與陰陽性的詞尾變化。下面我們從構詞學（morfología）的角度來介紹名詞的陰陽性（género）與單複數（número）的變化。

1. 名詞的陰陽性

陽性名詞	陰性名詞
以母音o或e結尾：	將母音o或e改為a：
hermano	hermana
Antonio	Antonia
jefe	jefa

陽性名詞	陰性名詞
以子音結尾：	在子音後加上-a：
español	española
profesor	profesora
portugués	portuguesa
alemán	alemana

以母音結尾，陰陽性同形之名詞

陽性名詞	陰性名詞
el estadounidense	la estadounidense
el marroquí	la marroquí
el cantante	la cantante
el dentista	la dentista

以子音結尾，陰陽性同形之名詞

陽性名詞	陰性名詞
el joven	la joven
el mártir	la mártir

一些名詞須在後面加上形容詞macho（雄）、hembra（雌）以示區別

陽性名詞	陰性名詞
el pez macho	el pez hembra
la perdiz macho	la perdiz hembra

名詞的陰陽性非藉由詞尾變化來區別，而是兩個不同的詞

陽性名詞	陰性名詞
hombre	mujer
padre	madre
yerno	nuera
toro	vaca
actor	actriz

2. 名詞的單複數

以母音結尾，且非重音節，在母音後加上-s

單數名詞	複數名詞
el parque	los parques
el pie	los pies
la tribu	las tribus

以母音-e結尾，且位在重音節，在母音後加上-s

單數名詞	複數名詞
el café	los cafés

以-e以外的母音結尾，且位在重音節，在其後加上-es

單數名詞	複數名詞
el tisú	los tisúes
el esquí	los esquíes

以雙母音-ay、-ey、-oy結尾，且位在重音節，在其後加上-es

單數名詞	複數名詞
el buey	los bueyes
el rey	los reyes

以-s以外的子音結尾，且位在重音節，在其後加上-es

單數名詞	複數名詞
la cruz	las cruces
el pan	los panes

以子音-s結尾，且非重音節，詞尾不變

單數名詞	複數名詞
el lunes	los lunes
la crisis	las crisis

以子音-s結尾，且位在重音節，在其後加上-es

單數名詞	複數名詞
el país	los países
el mes	los meses

下列名詞只使用單數形式

sur	sed
este	salud

下列名詞只使用複數形式

alicates	expensas
anales	gafas
andaderas	posaderas
bártulos	pertrechos
cosquillas	testimoniales
comicios	víveres
esponsales	veras
calcetines	tijeras
pantalones	tenazas

● 國家、語言、人

　　從構詞學上，認識西班牙語名詞的單複數與陰陽性詞尾變化後，我們再來介紹國家、語言、人（一般都有單複數與陰陽性）的說法。請看下列表格：

國家	語言	陽性、單數	陰性、單數	陽性、複數	陰性、複數
España	español	español	española	españoles	españolas
Alemania	alemán	alemán	alemana	alemanes	alemanas
Francia	francés	francés	francesa	franceses	francesas
Italia	italiano	italiano	italiana	italianos	italianas
Holanda	holandés	holandés	holandesa	holandeses	holandesas
Suecia	sueco	sueco	sueca	suecos	suecas
Inglaterra	inglés	inglés	inglesa	ingleses	inglesas
Chile	castellano	chileno	chilena	chilenos	chilenas
México	castellano	mexicano	mexicana	mexicanos	mexicanas
Brasil	portugués	brasileño	brasileña	brasileños	brasileñas
Perú	castellano	peruano	peruana	peruanos	peruanas
Argentina	castellano	argentino	argentina	argentinos	argentinas
Portugal	portugués	portugués	portuguesa	portugueses	portuguesas
Taiwán	taiwanés	taiwanés	taiwanesa	taiwaneses	taiwanesas
Rusia	ruso	ruso	rusa	rusos	rusas
Japón	japonés	japonés	japonesa	japoneses	japonesas
Suiza	Alemán / francés	suizo	suiza	suizos	suizas
Estados Unidos	inglés	estadounidense		estadounidenses	

國家	語言	陽性、單數	陰性、單數	陽性、複數	陰性、複數
Canadá	inglés / francés	canadiense		canadienses	

以下是城市名稱與該城市人的說法：

城市	人
Asunción	asunceño / asunceña
Buenos Aires	bonaerense 或 porteño
Bogotá	bogotano / bogotana
Costa Rica	costarricense
La Paz	paceño / paceña
Lima	limeño / limeña
Lisboa	lisbonense
Londres	londiense
Nueva York	neoyorquino / neoyorquina
Madrid	madrileño / madrileña
Barcelona	barcelonés / barcelonesa
Sevilla	sevillano / sevillana
Mallorca	mallorquín
París	parisiense
Berlín	berlinés / berlinesa
Roma	romano / romana

● 詞組

西班牙語的名詞詞組，其句法架構如下：

{指示代詞／冠詞}+數字+（量詞）+{名詞+形容詞／形容詞+名詞}

西班牙語的名詞詞組可以當主詞或受詞。構成名詞詞組的部分，西班牙語稱為「名詞詞組的補語」（Los complementos del sintagma nominal）。補語可以有下列的表現方式：

1. 所有格

範例 ▶ El pensamiento de Juan.

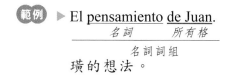

璜的想法。

2. 所有格與代名詞

範例 ▶ La entrega de un regalo a ella.

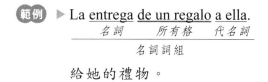

給她的禮物。

3. 副詞

範例 ▶ Una empresa con sede en Berlín.

名詞　　副詞　　副詞
名詞詞組

在柏林的一家企業。

▶ Su aparición en aquel momento sorprendió a nosotros.

名詞　　　　副詞
名詞詞組

她那時候的出現讓我們都很驚訝。

4. 介系詞

 ▶ Se necesita una persona <u>con buena preparación</u>.
　　　　　　　　　　　　名詞　　　　　介系詞
　　　　　　　　　　　　　名詞詞組

需要一個事情準備好的人。

5. 同位語

 ▶ <u>Miguel de Cervantes</u>, <u>autor del Quijote</u>, estuvo preso en Argel.
　　　　　　　　　　　　　　　同位語

賽凡堤斯，唐吉訶德的作者，曾在阿爾赫待過。

6. 插入語

 ▶ El ladrón, <u>el pobre hombre</u>, cometió muchos errores.
　　　　　　　　插入語

= El ladrón cometió, <u>el pobre hombre</u>, muchos errores.
　　　　　　　　　　　　插入語

這個小偷，可憐的傢伙，犯了很多錯誤。

> ☼注意
> 如此範例所見，西班牙語的插入語句法上表現得比中文
> 有彈性——可以緊接在主詞後面，也可以緊跟在動詞後
> 面。

● 量詞

　　量詞在西班牙語名詞詞組裡是可以省略的，但是必須看名詞本身來決定。雖然西班牙語的名詞在構詞學上有陰性、陽性與單數、複數之分，這也不表示所有的西班牙語名詞無需量詞來搭配使用，**像是咖啡（café）、糖（azúcar）、水（agua）等名詞就跟中文一樣，一定得搭配固定的量詞來表示數量。**中文與西班牙文的名詞在文字構詞上不一樣，我們先前有提到過，按語言分類，中文是屬於孤立語言，其特徵是語句由一連串自由詞

位組成，每一個單字只包含一個詞位，不利於詞綴來構詞，因此，中文沒有西班牙語構詞上單數、複數與陽性、陰性之分。在比較中文與西班牙文句法上名詞的差異，我們可以把自然界的數分成兩大類：「連續性的」與「非連續性的」，或稱為「連續性的」與「離散量的」，按句法學就是「不可數」與「可數」。Ignacio Bosque (1999:19-21) 將西班牙語名詞分成兩種：一是同時具有連續性（Sustantivos continuos）與非連續性（Sustantivos discontinuos）的名詞（請看表1.），另一種是只具有連續性質的名詞。前者可搭配或不搭配量詞，後者則一定需要一固定量詞搭配來表示數量（請看表2.）。請注意，符號「＝」表示中文、西班牙文意義相等。

表 1.　連續性與非連續性的名詞

西班牙語同時具有連續性與非連續性名詞		西班牙語可數名詞做量詞與其中文對等之意義		
papel	紙	trozo, hoja	＝	張
cristal	玻璃	trozo, pedazo	＝	塊
madera	木板	trozo, pedazo	＝	塊
pan	麵包	pedazo, rebanada	＝	片
merluza	鱈魚	pedazo, rodaja	＝	片
salchichón	大香腸	pedazo, rodaja	＝	片
tela	布	pedazo, palmo	＝	塊
melón	香瓜	pedazo, tajada	＝	塊
jamón	火腿	pedazo, loncha	＝	片
queso	乳酪	pedazo, loncha	＝	片
ajo	大蒜	diente	＝	瓣
uva	葡萄	grano	＝	顆
tiza	粉筆	barra	＝	條
jabón	香皂	pastilla	＝	片
cerveza	啤酒	vaso, botella	＝	杯
vino	酒	vaso, botella	＝	杯
naranja	柳丁	trozo, gajo	＝	顆
limón	檸檬	trozo, gajo	＝	顆
hierba	草	brizna	＝	根
hilo	線、紗	hebra	＝	絲
terreno	土地	parcela, palmo	＝	塊

表 2. 連續性的名詞

西班牙語連續性名詞		西班牙語離散量名詞做量詞與其中文對等之意義		
mantequilla	奶油	tableta, pastilla	=	片
turrón	果仁糖	tableta, pastilla	=	片
azúcar	糖	terrón	=	塊
café	咖啡	grano	=	粒
trigo	小麥	grano	=	粒
azafrán	番紅花	hilo	=	朵
polvo	灰塵、粉末	mota, brizna	=	粒
ganado	牲畜	cabeza	=	頭
nieve	雪	copo	=	堆
avena	燕麥	copo	=	堆
agua	水	gota, tromba	=	滴
aire	空氣	bocanada	=	口
humo	煙、蒸氣	bocanada	=	口
oro	金	lingote	=	錠
platino	白金	lingote	=	錠
maíz	玉米	mazorca	=	粒
risa	微笑	golpe, ataque	=	陣
tos	咳嗽	golpe, ataque	=	陣

　　從表1.跟表2.所示「連續性的」與「非連續性的」西班牙語名詞，我們可以發現中文的名詞皆為「連續性的」，亦即「不可數的」。若要說中文的名詞可以清楚地表達數量，那是因為搭配量詞來表示數量。因此，我們必須說一本書、兩匹馬、三棵樹，不能說 ✖一書、✖兩馬、✖三樹。所以，中文的名詞本身皆為連續性的、不可數的；但是，中文的名詞詞組因為量詞的存在卻表現出非連續性的、可數的性質。

● 在比較句裡的位置

S1 + V + {más / menos} + nombre + que + S2

▶ Él tiene más libros que tú.
他的書比你多。

S + V + {más / menos} + nombre + de + artículo + que + V

▶ Él gasta más dinero del que gana.

他花錢比他賺的多。

▶ Trabaja menos horas de las que trabajaba antes.

他工作時數比之前少。

■ 練習題

Ⅰ.請寫出下面國家人民之陽性、陰性單數名詞與該國語言

國家	陽性	陰性	語言
México	_____	_____	_____
Argentina	_____	_____	_____
Brasil	_____	_____	_____
Inglaterra	_____	_____	_____
Francia	_____	_____	_____
Japón	_____	_____	_____
Holanda	_____	_____	_____
Alemania	_____	_____	_____
Estados Unidos	_____	_____	_____
España	_____	_____	_____

Ⅱ.請填入正確的名詞

1. ¿De dónde eres? Soy de _____ (Taiwán). Soy _____.

2. ¿De dónde es Juan? Él es _____ (de Estados Unidos).

3. ¿De dónde es Antonia? Ella es _____ (de Brasil).

4. ¿De dónde son ustedes? Soy _____ (de Francia) y ella es _____ (de Italia).

5. ¿Qué lenguas habla usted? Hablo _____ (Alemania) y _____ (Inglaterra).

6. ¿Qué lengua se habla en Argentina? Se habla _____.

7. ¿Qué lengua se habla en Japón? Se habla _____.

8. ¿Qué lengua se habla en Portugal? Se habla _____.

9. ¿Qué lengua se habla en Brasil? Se habla _____.

10. Juan y María son de Alemania. Ellos son _____.

11. Luis y María son de Inglaterra. Ellos son _____.

12. Luisa y María son de Francia. Ellas son _____.

13. Juana y Berta son de Nicaragua. Ellas son _____.

14. Fernando y Víctor son suizos. Ellos son de _____.

15. Alicia y Mateo son japoneses. Ellos son de _____.

16. Juan y María son de Suecia. Ellos son _____.

17. Juan y Jorge son de Italia. Ellos son _____.

18. Antonio y Noemí son de Rusia. Ellos son _____.

筆記頁

3 冠詞 (Artículo)

中文沒有冠詞,若要表達西班牙語「定冠詞」和「不定冠詞」兩者所表達之限定與非限定的概念,只能靠「詞序」來區別。

■ **本章重點**
　● 定冠詞與不定冠詞
　●　　冠詞的使用

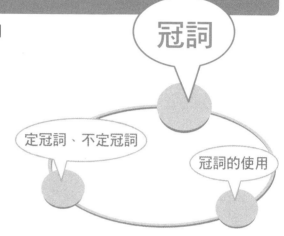

● 定冠詞與不定冠詞

西班牙語的定冠詞與不定冠詞如下列表格所示:

1. 定冠詞

陰陽性＼單複數	陽性	陰性	
單數	El libro	La cosa	a + el = al
複數	Los libros	Las cosas	de + el = del

2. 不定冠詞

陰陽性＼單複數	陽性	陰性	
單數	Un libro	Una cosa	*Uno + libro → Un libro
複數	Unos libros	Unas cosas	

西班牙語表示陽性、單數的不定冠詞是uno，該不定冠詞後面接陽性、單數名詞時，字母 o 要去掉，如上表所示。

限定與非限定的概念與中文「主題」的功用息息相關，請先看下列範例：

範例 ▶ 書，我一直想買。

El libro, llevo mucho tiempo pensando comprarlo.

> ☀注意
>
> 「書」放在句首表示主題的功用，是限定用法，說話者與聽話者皆知道是哪本書。西班牙語同樣表達主題功用的句型，也可以把直接受詞「書」提到句首，帶上定冠詞，亦即 El libro，但是句法上後面的及物動詞 comprar 必須帶上代名詞 lo 做直接受詞，兩個字合寫成 comprarlo。

▶ 我一直想買本書。

Llevo mucho tiempo pensando en comprar un libro.

> ☀注意
>
> 「書」放在及物動詞後面，若不帶任何指示代詞像是這、那，表非限定的用法，說話者沒有確切指出是哪本書。另外，中文的量詞「本」表示書的數目是一本。西班牙語同樣的句型在及物動詞後面，若要表示非限定哪一本書，則須帶上不定冠詞 uno，亦即 un libro。

▶ 我一直想買書。

Llevo mucho tiempo pensando en comprar libros.

> ☀注意
>
> 如同第二個範例，說話者沒有限定是哪本書。不過，省略了量詞「本」暗示說話者不確定買書的數目。西班牙語同樣的句型若要表示非限定哪本書與非限定的數量，用複數名詞且不帶任何冠詞來表達，亦即 libros。

中文既然沒有冠詞，「詞序」在表達限定與非限定兩個概念時就顯得非常重要。請再看下面兩個例句：

範例 ▶ 人來啦！

Ha venido la persona que esperábamos.

注意

「人」在句首與動詞的左邊表示限定。譬如說，我們在車站等朋友，等了好久，他終於來了。我們看到他時，就會說「人來了」。

▶ 來人啦！

Ven (cualquier persona).

注意

「人」在動詞的右邊，表示非限定。有可能發生在下面的主僕對話：「來人啦！送客。」說話者可能有很多僕人，不過他喊這一句話時，不管是哪一個僕人，只要來一位幫忙送走客人就可以了。

● **冠詞的使用**[註]

冠詞的使用，包括冠詞在什麼情況下不需要出現在名詞的前面。我們整理如下：

說明 ❶ 如果陰性名詞的起始音是母音 a，且位在重音節裡，就用定冠詞 el 而不用 la。例如：

▶ el aula

▶ el águila

❷ 如果國家名稱、人名、地名、著作等專有名詞本身就帶有定冠詞 el，該定冠詞不可與介系詞 a、de 縮寫。例如：

▶ Voy a El Salvador.

我將要前往薩爾瓦多。

▶ ¿Quién es el autor de el Cid?

作品「席德」的作者是誰？

[註] 有關冠詞的使用，讀者可參閱LAPESA, Rafael (1974), "El sustantivo sin actualizador en español", en *Homenaje a Ángel Rosenblat en sus 70 años*, Instituto Pedagógico, Caracas, 1974, pp.289-304。

❸ 專有名詞el nombre propio前面是不需要帶上冠詞的。如果帶有冠詞則有強調此專有名詞的特別之處，或表示親切的含意。
例如：

▶ Esta Málaga de hoy.
今日的馬拉加（城市）。

▶ Esta María, siempre tan considerada.
這個瑪麗亞，總是這麼體貼。

❹ 語言中作名詞、語法功用解釋時，不需要帶上冠詞。例如：

▶ 'Aconsejar' no significa 'mandar'.
Aconsejar不是mandar的意思。

▶ 'Helena' se escribe con hache.
Helena須寫上字母h。

❺ 標題裡的名詞可以省略冠詞。例如：

▶ Paz en la guerra
戰爭中的和平

❻ 書的目錄、電視節目表、餐廳的菜單等標題裡的名詞，或是表示機構、企業、團體等名稱的名詞，可以省略冠詞。例如：

▶ Banco Santander
Santander 銀行

❼ 諺語（Proverbios）裡的名詞常省略冠詞。例如：

▶ Ojos que no ven, corazón que no siente.
眼不見，心為靜。

❽ 名詞本身的意義代表整體的一部分，可以省略冠詞。例如：

▶ ricos y pobres
窮人與富人

❾ 電報、廣告文字或新聞標題，為了節省版面的空間，可以斟酌省略冠詞。例如：

▶ Se vende casa.
房屋出售。

▶ Se alquila piso.

　雅房出租。

⑩ 句法上，普通名詞（el sustantivo común）出現在表語（atributo）的位置，語法功用上表示實質個體、階級，可以省略冠詞。例如：

▶ Esto es asunto mío.

　這是我的事件。

▶ Luis es arquitecto.

　路易斯是建築師。

⑪ 承上所述，句子中的表語是對主語身分的辨識（identificación）與限定，此時表語裡的名詞不可以省略冠詞。例如：

▶ Herrera fue el arquitecto de El Escorial.

　Herrera是El Escorial皇宮的建築師。

⑫ 從句法功用角度來看，名詞若當及物動詞的直接受詞（objeto directo），可以省略冠詞的情況，我們分述如下：

①名詞代表的並非限定或特指的對象，只是一般階層或團體的區分。例如：

▶ Busco criado.

　＝ alguien que me sirva como criado.

　我找傭人。

②名詞代表的是自然界存在的事物，語法上歸納為不可數或抽象名詞。例如：

▶ Dame agua.

　給我水。

▶ Queremos paz.

　我們要和平。

③名詞與動詞結合成動詞片語。例如：

▶ tener envidia

　妒忌

▶ dar pena

　難過

▶ poner interés

使有趣

⑬ 名詞與介系詞結合成副詞片語。例如：

▶ a mano derecha

右手

▶ a mediodía

半天

▶ coser a máquina

用機器縫紉

▶ traje de lana

羊毛衣

▶ morir de hambre

餓死

▶ a grandes rasgos

大體上

■ 練習題

Ⅰ.填入定冠詞

1. _____ poema
2. _____ aula
3. _____ anilla
4. _____ turista
5. _____ clima
6. _____ mano
7. _____ ave
8. _____ moto
9. _____ leña
10. _____ tema
11. _____ águila
12. _____ bondad
13. _____ paz
14. _____ día
15. _____ calballo
16. _____ pijama
17. _____ estación
18. _____ cuba
19. _____ coma
20. _____ radio
21. _____ ancla

Ⅱ.填入不定冠詞

1. _____ poema
2. _____ aula
3. _____ anilla
4. _____ turista
5. _____ clima
6. _____ mano
7. _____ ave
8. _____ moto
9. _____ leña
10. _____ tema
11. _____ águila
12. _____ bondad
13. _____ paz
14. _____ día
15. _____ calballo
16. _____ pijama
17. _____ estación
18. _____ cuba
19. _____ coma
20. _____ radio
21. _____ ancla

Ⅲ.名詞前用陰性或陽性的冠詞表不同意義

1. Recuerdo cuando era pequeño, siempre paseaba por _____ márgenes del río con mi padre.

2. No te olvides de dejar _____ margen cuando escribas.

3. _____ cura está en la misa.

4. _____ cura que te han hecho te alivia el dolor.

5. Este chico ha entrado _____ coma desde hace un mes.

6. Cuando se redacta una composición, no se olvide de poner _____ comas.

7. _____ radio es una línea que une el centro de una esfera con cualquiera de sus puntos.

8. Estoy escuchando _____ radio. No me molestes.

9. Me gusta poner las cosas en _____ orden.

10. Una responsabilidad de la policía es mantener _____ orden público.

11. Ya estoy cansado, no tengo fuerza de subir _____ pendiente de la montaña. Es muy elevada.

12. _____ pendiente que llevas son muy bonitos.

13. _____ corte ha sido muy profundo. Se le ha salido mucha sangre.

14. El Rey Juan Carlos viaja siempre con toda _____ corte.

15. Cumplieron _____ orden de su jefe.

Ⅳ.填入正確的冠詞（若無需則不必填）

1. _____ comer dos manzanas al día puede reducir el colesterol.

2. A _____ 13 años leyó Don Quijote.

3. _____ manzanas están a 4 euros el kilo.

4. Laura ha ido a _____ España este otoño.

5. Siempre me he bañado en _____ Mediterráneo.

6. No sabes _____ bueno que está este chocolate.

7. Los niños metieron _____ pies en el agua.

8. Encontré _____ errata increíble.

9. Te _____ explicaré otra vez.

10. _____ prudente es dejar a Lucas tranquilo.

11. No quiero hablar con nadie; tengo _____ mal día.

12. No conocía _____ nada de ese autor.

13. Quiero hacer _____ otra cosa esta mañana.

14. _____ cierta persona te espera.

15. Hay _____ mensaje para ti en el contestador automático.

16. Me ha dicho que tenía _____ problema.

17. El otro día me habló de ti _____ profesor que te conocía.

18. Ése es _____ secreto que no podía contarte.

19. Escuché ese dicsco _____ veces.

20. _____ compañero tuyo me ha dado estas revistas para ti.

4 動詞變化 I (Conjugación verbal)

西班牙語動詞在語法上擔任的工作既多且雜，語法學家稱它為句子的靈魂。要想學好西班牙語，動詞的部分一定要下功夫。本章將詳細介紹西班牙語現在式的動詞變化。

■ 本章重點

- 動詞
- 動詞變化與時態
- 動詞變化
- 現在簡單式
- 使用時機
- 語法介紹

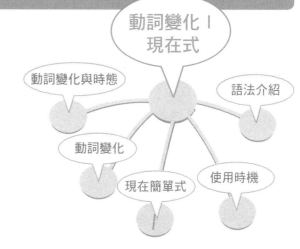

動詞

　　在介紹西班牙語動詞之前，我們先認識西班牙語動詞本身可表達的三個內涵：時態（Tiempo）、式（Modo）、動貌（Aspecto）。

1. 時態

西班牙語動詞簡單地說可以表達過去式、現在式與未來式。若要細分則可以分成十四個時態（請參閱本章「動詞變化與時態」單元）。

2. 式（又稱語氣）

語言學家一般會將西班牙語的動詞按說話者的態度分成「陳述式」（el modo indicativo）、「虛擬式」（el modo subjuntivo）、「命令式」（el modo imperativo）。

◆ **陳述式**

「陳述式」是表達客觀的事實。

範例 ▶ El sol sale por el este.
　　　太陽從東邊出來。

◆ **虛擬式**

「虛擬式」則是說話者主觀或與事實不符的情況。

範例 ▶ Si el sol saliera por el oeste...
　　　如果太陽從西邊出來……

　　　▶ Quiero que vengas.
　　　我要你過來。

◆ **命令式**

「命令式」是說話者下達命令、要求。

3. 動貌

「動貌」的含意比較抽象，我們以動詞canté與cantaba為例，canté傳達的語意是一個動作的結束，發生在過去，不管它動作進展的過程；cantaba 則強調動作進展的過程與持續性。我們用下面的數線表示，數字0代表現在，左邊是過去的時間，右邊是未來的時間，動作 Canté（我唱歌），時態上是一簡單過去式（indefinido），用虛線箭頭表示在數線上一點的位置，表示該動作已完成。另一個動作 Cantaba（我唱歌），是一未完成過去式（imperfecto），在數線上是 A、B 兩點間的距離（可長可短），強調動作的持續、反覆經常的習慣。

Canté anoche con mis amigos.　昨晚我跟朋友唱歌。

A － B: De pequeño, siempre cantaba cuando me duchaba.
　　　我小時候總是邊洗澡邊唱歌。

上述西班牙語動詞的三個內涵都是透過動詞詞尾變化（inflexión），也就是藉由外在的形式（forma）明確地傳遞動詞本身擔負的語法功用。事實上，西班牙語動詞除了具備時態（tiempo）、式（modo）、動貌（aspecto）這三種本質，它還可以表達第一、二、三人稱之單複數。由此可見，西班牙語動詞在語法上擔任的工作之多與複雜，它的重要性自然是不可言喻，儘管一句話裡只有一個動詞，卻透露出許多訊息：從動作發生的時間（tiempo）、說話者的態度（modalidad）、人稱（persona），到陳述事實（modo indicativo）或假設語氣（modo sub-juntivo）等等，無怪乎語法學家稱它為句子的靈魂。所以要想學好西班牙語，動詞的部分一定要下功夫，花時間去背，同時還要開口說出來，將所學實際應用在日常生活的對話裡。以下我們將逐一詳細介紹西班牙語現在式的動詞變化。

● 動詞變化與時態

　　首先，我們簡單介紹西班牙語十四個時態的動詞變化，雖說本書是基礎語法篇，不過，我們認為學習者應該一開始就要有一個整體的動詞概念，了解到現在式的動詞變化是其它時態的基礎，根基穩固了，才可能學好其它的部分。這也是為什麼大多數西班牙語原文教材在編寫時，第一冊多半只提到現在式的動詞變化（presente de indicativo），因為熟悉這個時態的動詞變化有助於學習新的時態動詞變化，就好像單字背得愈多，要記新的愈容易。

　　下面我們列出十四個時態的動詞變化與其西班牙語的名稱。若依照外在形式可區分成兩大類：單一動詞與複合動詞。兩者各包含七個時態。我們以動詞（tomar）做範例，不過須注意的是還有兩種動詞原型 -er、-ir 的詞尾變化，我們留待《進階西班牙語文法》一書詳述之。

單一動詞（**Tiempos simples**）	複合動詞（**Tiempos compuestos**）
1. Presente de indicativo 　現在簡單式 tomo → tomamos tomas → tomáis toma → toman	8. Perfecto de indicativo 　現在完成式 he tomado → hemos tomado has tomado → habéis tomado ha tomado → han tomado

單一動詞（Tiempos simples）	複合動詞（Tiempos compuestos）
2. Imperfecto de indicativo 　未完成過去式 　tomaba → tomábamos 　tomabas → tomabais 　tomaba → tomaban	9. Pluscuamperfecto de indicativo 　愈過去完成式 　había tomado → habíamos tomado 　habías tomado → habíais tomado 　había tomado → habían tomado
3. Pretérito indefinido 　簡單過去式 　tomé → tomamos 　tomaste → tomasteis 　tomó → tomaron	10. Pretérito anterior 　愈過去完成式 　hube tomado → hubimos tomado 　hubiste tomado → hubisteis tomado 　hubo tomado → hubieron tomado
4. Futuro 　未來式 　tomaré → tomaremos 　tomarás → tomréis 　tomará → tomarán	11. Futuro perfecto 　未來完成式 　habré tomado → habremos tomado 　habrás tomado → habréis tomado 　habrá tomado → habrán tomado
5. Potencial simple 　條件簡單式 　tomaría　tomaríamos 　tomarías　tomaríais 　tomaría　tomarían	12. Potencial compuesto 　條件完成式 　habría tomado → habríamos tomado 　habrías tomado → habríais tomado 　habría tomado → habrían tomado
6. Presente de sujuntivo 　現在虛擬式 　tome → tomemos 　tomes → toméis 　tome → tomen	13. Perfecto de subjuntivo 　現在完成虛擬式 　haya tomado → hayamos tomado 　hayas tomado → hayáis tomado 　haya tomado → hayan tomado
7. Imperfecto de subjuntivo 　未完成虛擬式 　tomara → tomáramos 　tomaras → tomarais 　tomara → tomaran 　或 　tomase → tomásemos 　tomases → tomaseis 　tomase → tomasen	14. Pluscuamperfecto de subjuntivo 　愈過去完成虛擬式 　hubiera tomado → hubiéramos tomado 　hubieras tomado → hubierais tomado 　hubiera tomado → hubieran tomado 　hubiese tomado → hubiésemos tomado 　hubieses tomado → hubieseis tomado 　hubiese tomado → hubiesen tomado

● 動詞變化

　　有關基礎西班牙語動詞學習的內容，我們先以下面的圖表介紹之：

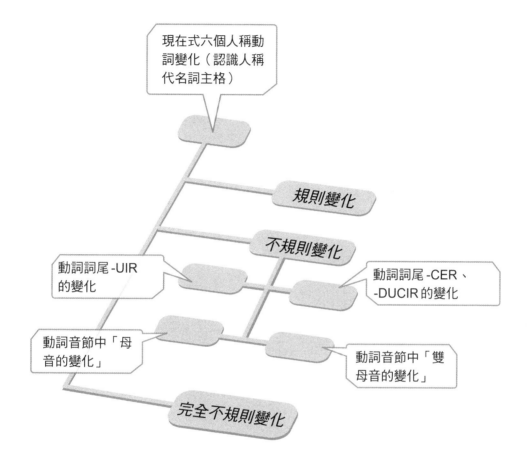

現在式六個人稱動詞變化（認識人稱代名詞主格）

規則變化

不規則變化

動詞詞尾 -UIR 的變化

動詞詞尾 -CER、-DUCIR 的變化

動詞音節中「母音的變化」

動詞音節中「雙母音的變化」

完全不規則變化

　　學習西班牙語動詞時，首先，我們必須知道西班牙語就只有三種原形動詞詞尾：-AR、-ER、-IR。再來是認識人稱代名詞的主格形式：yo、tú、usted、él、ella 等，以及與其相等的人稱之動詞詞尾變化。動詞詞尾變化可分為三個類型：規則變化、不規則變化、完全不規則變化。其中不規則變化還可細分成「動詞音節中雙母音的變化」、「動詞音節中母音的變化」、「動詞詞尾 -CER、-DUCIR 的變化」、「動詞詞尾 -UIR 的變化」。下面我們用一圖表來表示「如何學好西班牙語動詞」的流程圖。這個圖我們可以把它看做是一個時鐘，由十二點鐘開始，順時針行進，依序完成動詞基礎篇的學習內容。

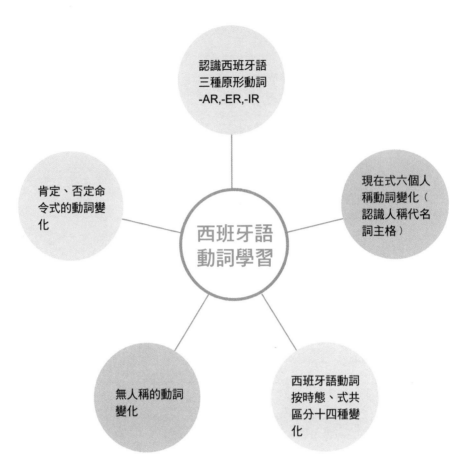

● 現在簡單式

　　西班牙語動詞現在式的六個人稱詞尾變化如下列圖表所示。比較特別的是第二人稱禮敬的用法「您」（usted）和「您們」（ustedes）分別用第三人稱單數、複數的動詞詞尾變化。

動詞 Verbos	單數 Singular		複數 Plural	
TRABAJAR 工作	Yo	trabajo	Nosotros	trabajamos
	Tú	trabajas	Vosotros	trabajáis
	Usted, Él, Ella	trabaja	Ustedes, Ellos, Ellas	trabajan

動詞 **Verbos**	單數 **Singular**		複數 **Plural**	
COMER 吃	Yo Tú Usted, Él, Ella	como comes come	Nosotros Vosotros Ustedes, Ellos, Ellas	comemos coméis comen
ABRIR 打開	Yo Tú Usted, Él, Ella	abro abres abre	Nosotros Vosotros Ustedes, Ellos, Ellas	abrimos abrís abren

1. 現在式動詞規則變化

「規則變化」的六個人稱詞尾變化如下列圖表範例所示:

人稱 ＼ 動詞	**TOMAR** 取,拿	**BEBER** 喝	**VIVIR** 住,生活
Yo	tomo	bebo	vivo
Tú	tomas	bebes	vives
Él, Ella, Usted	toma	bebe	vive
Nosotros	tomamos	bebemos	vivimos
Vosotros	tomáis	bebéis	vivís
Ellos, Ellas, Ustedes	toman	beben	viven

◆ **動詞詞尾 -guar y -cuar 的變化**

原形動詞最後一個音節的發音如果是 -guar y -cuar,作六個人稱動詞變化時,弱母音 [u] 仍維持原弱母音的發音,與緊接的母音形成雙母音:

動詞 人稱	AVERIGUAR 調查	APROPINCUAR 靠近
Yo	averiguo	apropincuo
Tú	averiguas	apropincuas
Él, Ella, Usted	averigua	apropincua
Nosotros	averiguamos	apropincuamos
Vosotros	averiguáis	apropincuáis
Ellos, Ellas, Ustedes	averiguan	apropincuan

◆ 其它動詞現在式規則變化

西文	中文	西文	中文
abatir	推倒	abrasar	燒燬
abrazar	擁抱	abrir	打開
aburrir	使厭煩	aburrirse	厭倦
acabar	結束	acelerar	加速
aceptar	接受	acercar	靠近
acercarse	使接近	aclamar	為歡呼
aclarar	澄清	acompañar	陪伴
aconsejar	勸告	acostumbrar	使習慣於
acuchilliar	切、砍	acudir	赴、援助
acusar	控告	adelantar	向前移動
adelantarse	趕在前面	adivinar	猜測
admirar	讚美	admitir	承認、允許
adoptar	採用	adorar	崇拜
afeitarse	刮鬍子、修臉	agarrar	抓
agitar	搖動	agotar	耗盡
agradar	使愉快	agrandar	擴大

西文	中文	西文	中文
agravar	惡化	agregar	添加
agrupar	分組	aguardar	期待
ahorrar	儲蓄	alcanzar	追上
alegrarse	使高興	alquilar	出租
alumbrar	照常	alumbrarse	微醉
alzar	使豎立	amar	愛
andar	步行	anunciar	告知
añadir	補充	apagar	壓抑
aplaudir	拍手、鼓掌	apoderarse	占有
apreciar	尊重、估價	aprender	學習
apresurarse	趕緊	aprovecharse	利用
apurarse	趕緊	arrancar	拔起
arreglar	整理	arrojar	投擲
articular	連接	asegurar	保險
asistir	參加	asustarse	害怕
atacar	攻擊	atreverse	敢
avanzar	前進	averiguar	調查
ayudar	幫忙	bailar	跳舞
bajar	下降	balbucear	咿呀學語
bañarse	洗澡	barrer	打掃
bautizar	施洗禮	beber	喝
borrar	擦掉	bostezar	打呵欠
botar	扔掉	broncear	鍍青銅、晒黑
bullir	沸騰	burlarse	愚弄
buscar	尋找	calzar	穿戴
callarse	沉默	cambiar	改變
caminar	步行	cansarse	疲憊
cantar	演唱	caracterizar	表特徵

西文	中文	西文	中文
cargar	裝貨、承擔	casarse	結婚
celebrar	舉行、慶祝	cenar	用晚餐
cepillar	刷	certificar	證實
cocinar	烹飪	colocar	放置
comer	吃	comprar	買
comprender	了解	contestar	回答
continuar	繼續	contribuir	貢獻、有助於
convencer	使信服	convocar	召集
correr	跑	cortar	切、割
creer	認為	criar	培育
cruzar	穿越	cubrir	蓋、鋪
cuidarse	照料	cumplir	完成
charlar	聊天	chistar	吭聲
chupar	吸吮	deber	必須
decidir	決定	declarar	宣布
dedicarse	奉獻	dejar	讓給、借
delinquir	犯罪	denunciar	告發
depender	依賴	derribar	擊落
desayunar	吃早餐	descansar	休息
describir	描寫	descubrir	發現
desear	想要	desempeñar	擔任、扮演
despegar	起來	desperezarse	伸懶腰
dibujar	繪畫	disculparse	原諒
discutir	討論	dispensar	給予
divorciarse	離婚	ducharse	淋浴
dudar	懷疑	echar	扔、擲
ejecutar	實行	ejercer	從事
embeber	吸收	emplear	雇用

西文	中文	西文	中文
enfadarse	生氣	enfermarse	生病
enojarse	生氣	enseñar	教、指示
entrar	進入	entregar	遞交
enunciar	陳述	enviar	寄
equivocarse	弄錯	escoger	挑選
escribir	寫	escuchar	聽
esperar	等待	esquiar	滑雪
estar	在	estimar	尊重
estudiar	研究	explicar	解釋
expresar	表達	fabricar	製造
faltar	缺乏	felicitar	恭喜
festejar	慶祝	fijarse	注意
funcionar	運行	ganar	獲勝
gastar	花費	gozar	享受
gritar	叫喊	gruñir	門吱嘎聲
habitar	居住	hablar	說
hallar	碰到	heredar	繼承
ignorar	忽視	imprimir	印刷
indicar	指出	informarse	通知
inscribir	登記	inscribirse	註冊
insistir	堅持	interesarse	感興趣
invitar	邀請	juntar	聚集
jurar	立誓	juzgar	判斷
lanzar	扔投	lastimarse	難過
lavar	清洗	lavarse	洗
leer	閱讀	levantar	舉起
levantarse	起床	limpiar	打掃
limpiarse	清潔	luchar	戰鬥

西文	中文	西文	中文
llamar	叫喊	llamarse	名字叫做
llegar	到達	llenar	裝滿
llevar	帶走	llorar	哭
manejar	操作	marchar	運轉
marcharse	動身	matar	殺
mencionar	提到	mirar	看
mirarse	看	mojarse	沾濕
montar	騎、裝置	mudarse	改變
nadar	游泳	navegar	航行
necesitar	需要	observar	觀察
ocultarse	掩飾	ocupar	占用、忙
olvidar	忘記	ordenar	整理、命令
organizar	組織	osar	敢於
pagar	付款	parar	停
pararse	停止	partir	分開
pasar	通過	pasearse	散步
pegar	黏著	peinarse	梳頭
percibir	感覺	perdonar	原諒
permitir	允許	pintar	畫
pintarse	化妝	pisar	踩踏
platicar	交談	poseer	擁有
practicar	練習	predicar	講道
preguntar	詢問	preocuparse	擔心
preparar	準備	prepararse	準備
presentar	展示	prestar	借出
principar	開始	proclamar	宣告
prohibir	禁止	pronunciar	發音
pulir	磨光	quedarse	留下

西文	中文	西文	中文
quejarse	埋怨	quemar	燒傷
quitarse	取掉	realizar	進行
recibir	收取	regalar	贈送
regresar	返回	rellenar	填滿
remitir	郵寄	reparar	修理
repartir	分開	esponder	回應
retirar	撤銷、取回	retrasar	耽誤
reunirse	聯結	revocar	撤銷
robar	搶	romper	打破
sacar	取出	sacudir	驅趕
saltar	跳	saludar	問候
secar	弄乾	secarse	乾涸
señalar	指出	separar	分開
socorrer	援助	sofocar	使窒息
sollozar	嗚咽	someter	征服
soplar	吹氣	sorprender	吃驚
sospechar	猜疑	subir	爬、上升
subrayar	強調	subscribir	訂閱
sufrir	遭受	suprimir	刪除
suspirar	嘆氣	tañer	撥彈
telefonear	打電話	telegrafiar	用電報傳送
temer	畏懼	terminar	結束
tirar	扔、拋	tocar	敲擊
tomar	拿	trabajar	工作
tratar	對待	unir	結合
usar	使用	utilizar	使用
velar	熬夜	vender	賣
viajar	旅行	vigilar	守衛

西文	中文	西文	中文
visitar	拜訪	vivir	住、生活
votar	投票	zumbar	取笑

2. 現在式動詞「不規則變化中的規則變化」

這一類動詞我們稱之為「不規則變化中的規則變化」主要的理由如下：有些動詞的變化只是字根的改變（cambios en la raíz），而詞尾（desinencia）的變化仍然是按照規則的變化；有些則是字根和詞尾都同時做變化。下面我們將逐一介紹每一種類型的動詞變化，並舉出實例讓學習者了解認識，以期掌握動詞變化中較複雜的一部分。

◆ 動詞音節中雙母音的變化

原形動詞重音節裡的母音 e 在第一、二、三人稱單數與第三人稱複數變成 ie，但是第一、二人稱複數維持原母音 e 不變。請注意範例中字母底下有畫線的表示動詞不規則變化的部分。

動詞 人稱	ACERTAR 猜中	ENTENDER 了解	ADQUIRIR 得到
Yo	acierto	entiendo	adquiero
Tú	aciertas	entiendes	adquieres
Él, Ella, Usted	acierta	entiende	adquiere
Nosotros	acertamos	entendemos	adquirimos
Vosotros	acertáis	entendéis	adquirís
Ellos, Ellas, Ustedes	aciertan	entienden	adquieren

◆ 動詞音節中母音的變化

原形動詞重音節裡的母音 o、u 在第一、二、三人稱單數與第三人稱複數變成 ue，但是第一、二人稱複數維持原母音 o、u 不變。請注意範例中字母底下有畫線的表示動詞不規則變化的部分。

動詞 人稱	JUGAR 玩	PODER 能夠	MOVER 移動
Yo	juego	puedo	muevo
Tú	juegas	puedes	mueves
Él, Ella, Usted	juega	puede	mueve
Nosotros	jugamos	podemos	movemos
Vosotros	jugáis	podéis	movéis
Ellos, Ellas, Ustedes	juegan	pueden	mueven

動詞 人稱	CONTAR 計算	VOLVER 回來	DORMIR 睡覺
Yo	cuento	vuelvo	duermo
Tú	cuentas	vuelves	duermes
Él, Ella, Usted	cuenta	vuelve	duerme
Nosotros	contamos	volvemos	dormimos
Vosotros	contáis	volvéis	dormís
Ellos, Ellas, Ustedes	cuentan	vuelven	duermen

◆ **動詞重音節裡母音 e 的變化**

原形動詞重音節裡的母音 e 在第一、二、三人稱單數與第三人稱複數變成弱母音 i，但第一、二人稱複數維持原母音 e 不變。請注意範例中字母底下有畫線的表動詞不規則變化的部分。

動詞 人稱	SERVIR 服務	PEDIR 要求	REPETIR 重複
Yo	sirvo	pido	repito
Tú	sirves	pides	repites

動詞 人稱	SERVIR 服務	PEDIR 要求	REPETIR 重複
Él, Ella, Usted	sirve	pide	repite
Nosotros	servimos	pedimos	repetimos
Vosotros	servís	pedís	repetís
Ellos, Ellas, Ustedes	sirven	piden	repiten

◆ 動詞詞尾 -ir 的變化

以原形動詞 -ir 結尾，其重音節裡的母音 e，在第一、二、三人稱單數與第三人稱複數變成強母音 í，且原本的 -ir 結尾做第一、二、三人稱單數與第三人稱複數動詞變化時，為避免重複出現兩個母音 i，故省略其中一個母音 i；但第一、二人稱複數維持原母音 e 不變。請注意範例中字母底下有畫線的表示動詞變化的部分。

動詞 人稱	REÍR 笑	CEÑIR 束緊
Yo	río	ciño
Tú	ríes	ciñes
Él, Ella, Usted	ríe	ciñe
Nosotros	reímos	ceñimos
Vosotros	reís	ceñís
Ellos, Ellas, Ustedes	ríen	ciñen

◆ 第一人稱單數 Yo 的動詞變化

第一人稱單數 Yo 做動詞變化時，變成 -go 結尾。請注意範例中字母底下有畫線的表示動詞不規則變化的部分。

動詞 / 人稱	PONER 放	HACER 做	SALIR 離開
Yo	pongo	hago	salgo
Tú	pones	haces	sales
Él, Ella, Usted	pone	hace	sale
Nosotros	ponemos	hacemos	salimos
Vosotros	ponéis	hacéis	salís
Ellos, Ellas, Ustedes	ponen	hacen	salen

動詞 / 人稱	VALER 有效	VENIR 來	SEGUIR 繼續
Yo	valgo	vengo	sigo
Tú	vales	vienes	sigues
Él, Ella, Usted	vale	viene	sigue
Nosotros	valemos	venimos	seguimos
Vosotros	valéis	venís	seguís
Ellos, Ellas, Ustedes	valen	vienen	siguen

動詞 / 人稱	TRAER 帶來	CONSEGUIR 得到	DECIR 說
Yo	traigo	consigo	digo
Tú	traes	consigues	dices
Él, Ella, Usted	trae	consigue	dice
Nosotros	traemos	conseguimos	decimos
Vosotros	traéis	conseguís	decís
Ellos, Ellas, Ustedes	traen	consiguen	dicen

動詞 人稱	OPONER 反對	SUPONER 假定	COMPONER 組成
Yo	opon<u>go</u>	supon<u>go</u>	compon<u>go</u>
Tú	opones	supones	compones
Él, Ella, Usted	opone	supone	compone
Nosotros	oponemos	suponemos	componemos
Vosotros	oponéis	suponéis	componéis
Ellos, Ellas, Ustedes	oponen	suponen	componen

動詞 人稱	CAER 掉落	BENDECIR 祝福	ASIR 抓緊
Yo	cai<u>go</u>	bendi<u>go</u>	as<u>go</u>
Tú	caes	bendices	ases
Él, Ella, Usted	cae	bendice	ase
Nosotros	caemos	bendecimos	asimos
Vosotros	caéis	bendecís	asís
Ellos, Ellas, Ustedes	caen	bendicen	asen

動詞 人稱	DISTINGUIR 區別	OÍR 聽	DESHACER 拆、破壞
Yo	distin<u>go</u>	oi<u>go</u>	desha<u>go</u>
Tú	distingues	oyes	deshaces
Él, Ella, Usted	distingue	oye	deshace
Nosotros	distinguimos	oímos	deshacemos
Vosotros	distinguís	oís	deshacéis
Ellos, Ellas, Ustedes	distinguen	oyen	deshacen

◆ 動詞詞尾 -DUCIR、-CER 的變化

第一人稱單數做動詞變化時，變成 -zco 結尾。請注意範例中字母底下有畫線的表示動詞不規則變化的部分。

人稱 ＼ 動詞	PRODUCIR 產生	CONDUCIR 駕駛	CONOCER 認識
Yo	produ<u>zco</u>	condu<u>zco</u>	cono<u>zco</u>
Tú	produces	conduces	conoces
Él, Ella, Usted	produce	conduce	conoce
Nosotros	producimos	conducimos	conocemos
Vosotros	producís	conducís	conocéis
Ellos, Ellas, Ustedes	producen	conducen	conocen

◆ 動詞詞尾 -UIR 的變化

原形動詞做第一、二、三人稱單數與第三人稱複數的詞尾變化時，添加字母y，例如：-u- 變成 -uyo。但第一、二人稱複數維持原來動詞規則變化。請注意範例中字母底下有畫線的表示動詞不規則變化的部分。

人稱 ＼ 動詞	INCLUIR 包含
Yo	inclu<u>y</u>o
Tú	incluyes
Él, Ella, Usted	incluye
Nosotros	incluimos
Vosotros	incluís
Ellos, Ellas, Ustedes	incluyen

◆ **動詞 oler、erguir 的變化**

原形動詞做第一、二、三人稱單數與第三人稱複數的詞尾變化時，在母音 o、e 的左邊分別添加字母 h、y。請注意範例中字母底下有畫線的表示動詞不規則變化的部分。

人稱 ＼ 動詞	OLER 聞、嗅	ERGUIR 豎起
Yo	h<u>ue</u>lo	<u>y</u>ergo
Tú	h<u>ue</u>les	<u>y</u>ergues
Él, Ella, Usted	h<u>ue</u>le	<u>y</u>ergue
Nosotros	olemos	erguimos
Vosotros	oléis	erguís
Ellos, Ellas, Ustedes	h<u>ue</u>len	<u>y</u>erguen

◆ **動詞詞尾前子音的變化**

現在式規則變化中，有些動詞詞尾做變化時，為了與原形動詞最後一個音節發音一致，也就是：「子音+AR」、「子音+ER」、「子音+IR」，更準確地說，是倒數第二個字母（應為母音 [a] 或 [e] 或 [i]）和第三字母（為子音）組合的發音，該子音必須用其它子音替代（例如：-g- 變成 -j-）以保持原形動詞最後一個音節原來的發音。請注意範例中字母底下有畫線的表示動詞不規則變化的部分。

人稱 ＼ 動詞	COGER 拿、取	ELEGIR 選擇	VENCER 戰勝
Yo	co<u>j</u>o	eli<u>j</u>o	ven<u>z</u>o
Tú	coges	eliges	ven<u>z</u>as
Él, Ella, Usted	coge	elige	ven<u>z</u>a
Nosotros	cogemos	elegimos	ven<u>z</u>amos

人稱 \ 動詞	COGER 拿、取	ELEGIR 選擇	VENCER 戰勝
Vosotros	cogéis	elegís	venzáis
Ellos, Ellas, Ustedes	cogen	eligen	venzan

我們以動詞elegir為例，原形動詞最後一個音節發音是[-gir]，第一人稱動詞變化之倒數第二個字母 g 若維持原字母拼寫方式，那麼第一人稱動詞變化成*eligo [eligo]，其中[-g+o]的發音與原形動詞的發音是 [-g+ir] 完全不同。為了發音上的一致，子音 [g] 必須改為 [j] 才是正確的。其它人稱的字母改變亦是基於上述理由。

◆ **動詞 delinquir 的變化**

第一人稱單數 Yo 做動詞變化時，原形動詞重音節之 -qu-變成 -c-。

人稱 \ 動詞	DELINQUIR 犯罪
Yo	delinco
Tú	delinques
Él, Ella, Usted	delinque
Nosotros	delinquimos
Vosotros	delinquís
Ellos, Ellas, Ustedes	delinquen

◆ **動詞詞尾 -uar、-iar 的變化**

原形動詞最後一個音節的發音如果是 -uar、-iar，重音原本就落在最後一個音節，做第一、二、三人稱單數與第三人稱複數的詞尾變化時，弱母音 [u] 和 [i] 須標上重音變成強母音；但第一、二人稱複數維持原來動詞規則變化。請注意範例中字母底下有畫線的表示動詞不規則變化的部分。

動詞／人稱	ACTUAR 行為	ACENTUAR 唸重音	ENVIAR 寄
Yo	actúo	acentúo	envío
Tú	actúas	acentúas	envías
Él, Ella, Usted	actúa	acentúa	envía
Nosotros	actuamos	acentuamos	enviamos
Vosotros	actuáis	acentuáis	enviáis
Ellos, Ellas, Ustedes	actúan	acentúan	envían

動詞／人稱	AHINCAR 懇求	REUNIR 聯合	PROHIBIR 禁止
Yo	ahínco	reúno	prohíbo
Tú	ahíncas	reúnes	prohíbes
Él, Ella, Usted	ahínca	reúne	prohíbe
Nosotros	ahincamos	reunimos	prohibimos
Vosotros	ahincáis	reuís	prohibís
Ellos, Ellas, Ustedes	ahíncan	reúnen	prohíben

◆ **動詞 caber、saber 的變化**

只有第一人稱單數 Yo 做詞尾變化時不一樣，其它人稱的動詞變化維持規則變化。

動詞／人稱	CABER 包含	SABER 知道
Yo	quepo	sé
Tú	cabes	sabes
Él, Ella, Usted	cabe	sabe
Nosotros	cabemos	sabemos

人稱 ＼ 動詞	CABER 包含	SABER 知道
Vosotros	cabéis	sabéis
Ellos, Ellas, Ustedes	caben	saben

◆ 其它同樣是「不規則變化中的規則變化」現在式動詞

西文	中文	西文	中文
absolver	赦免	acertar	猜中
acordar	同意	acordarse	記得
acostarse	睡覺	adquirir	得到
advertir	提醒	agradecer	感謝
almorzar	吃午餐	aparecer	出現
aprobar	通過	asir	抓住
atenerse	遵守	atraer	引誘
atravesar	穿越	bendecir	祝福
caber	包含	caer	落下
caerse	摔倒	calentar	加熱
cerrar	關	coger	取、拿
colegir	聚集	colgar	懸掛
comenzar	開始	componer	組成、創作
conducir	駕駛	confesar	承認、懺悔
conocer	認識	conseguir	得到
constituir	構成	construir	建築
contar	計算	contener	含有
convenir	適宜、吻合	convertir	改變
corregir	修正	dar	給
decir	說	defender	保護
demostrar	證實	denunciar	告發

西文	中文	西文	中文
deshacer	破壞	despedir	送別
despertarse	喚醒	destruir	摧毀
desvestirse	脫衣	devolver	歸還
dirigir	領導	distinguir	區分
divertirse	娛樂	doler	疼痛
dormir	睡覺	elegir	選擇
empezar	開始	encender	點燃
encerrar	藏	encontrar	遇到
entender	了解	envolver	隱藏
erguir	豎起	errar	弄錯
exigir	要求	gemir	呻吟
gobernar	統治	herir	使受傷
huir	逃跑	impedir	阻止
incluir	包括	inducir	引誘、導致
influir	影響	introducir	介紹
jugar	玩耍	medir	測量
mejorar	改善	mentir	說謊
merecer	值得	morder	咬
morir	死	mostrar	出示
mover	移動	negar	否定
obedecer	服從	ofrecer	提供
oír	聽	oler	聞
oponer	對抗	parecer	認為
parecerse	相像	pedir	要求
pensar	想	perder	失去
pertenecer	屬於	placer	愉快
poder	能夠	poner	放
ponerse	布置	preferir	較喜歡

西文	中文	西文	中文
probar	嘗試	probarse	嘗試
producir	產生	proteger	保護
querer	要	raer	刮去
recoger	拾起	recomendar	忠告
reconocer	辨認	recordar	記得
referir	提及	regar	灌溉
reír	笑	reírse	笑
reñir	爭吵	repetir	重複
resolver	解決	rogar	懇求
saber	知道	salir	離開
satisfacer	滿足	seguir	繼續
sentarse	坐下	sentir	以為、感到
sentirse	感到	servir	服務
sonar	聲響、使覺得	sonreír	微笑
soñar	做夢	sugerir	建議
sumergir	淹沒	suponer	假定
surgir	出現	temblar	顫抖
tender	攤開、趨向	tentar	誘惑
tostar	烤、晒黑	traducir	翻譯
traer	帶來	tropezar	絆倒
valer	有效	vestirse	穿衣
volar	飛行	volver	回來
yacer	臥、躺		

3. 現在式動詞「完全不規則變化」

這一類動詞我們稱之為「完全不規則變化」，自然是因為相較於之前敘述的動詞，更難分析整理出它們的規則性。因此，只有各別一個一

個地去記。雖說辛苦，不過，語言中有一現象，通常愈是不規則變化的情形，這些單字愈是常用，反而比較容易從錯誤中去改正學習，相對地就比較不會忘記。

人稱＼動詞	ESTAR 在	TENER 有	VENIR 來
yo	estoy	tengo	vengo
tú	estás	tienes	vienes
él, ella, usted	está	tiene	viene
nosotros	estamos	tenemos	venimos
vosotros	estáis	tenéis	venís
ellos, ellas, ustedes	están	tienen	vienen

人稱＼動詞	ABSTENER 戒除	DETENER 阻止	HABER 有
Yo	abstengo	detengo	he
Tú	abstienes	detienes	has
Él, Ella, Usted	abstiene	detiene	ha
Nosotros	abstenemos	detenemos	hemos
Vosotros	abstenéis	detenéis	habéis
Ellos, Ellas, Ustedes	abstienen	detienen	han

人稱＼動詞	OBTENER 得到	SOSTENER 懸掛	MANTENER 維持
Yo	obtengo	sostengo	mantengo
Tú	obtienes	sostienes	mantienes
Él, Ella, Usted	obtiene	sostiene	mantiene
Nosotros	obtenemos	sostenemos	mantenemos

動詞 人稱	OBTENER 得到	SOSTENER 懸掛	MANTENER 維持
Vosotros	obtenéis	sostenéis	mantenéis
Ellos, Ellas, Ustedes	obtienen	sostienen	mantienen

動詞 人稱	SER 是	VER 看	IR 去
Yo	soy	veo	voy
Tú	eres	ves	vas
Él, Ella, Usted	es	ve	va
Nosotros	somos	vemos	vamos
Vosotros	sois	veis	vais
Ellos, Ellas, Ustedes	son	ven	van

● 使用時機

1. 表示當下發生的事件、動作

 ▶ Te llamo para que no te olvides.
我打電話給你避免（你）忘記。

2. 表示習慣、經常性

 ▶ Ella me cuenta sus problemas.
她告訴我她的問題。

3. 表示認知上的事實

 ▶ Noemí es muy estudiosa.
　　Noemí 很用功。

4. 描述歷史事件

使用現在式來描述歷史上的事件，有讓聽話者栩栩如生、歷歷在目的感覺。

 ▶ Cristóbal Colón descubre el Nuevo Continente en 1492.
　　哥倫布一四九二年發現新大陸。

5. 代替未來式

如果將要發生的動作就在眼前，可用現在式代替未來式。

 ▶ Vamos a ver si hay este modelo; si lo hay, me lo compro.
　　我們看看有沒有這個款式；如果有，我買。

6. 表示命令式的語氣

 ▶ Tú te vas ahora y no me esperas.
　　你現在走，不要等我。

● 語法介紹

　　本單元我們將從語法的角度介紹西班牙語的動詞功用。句法上，簡單句（oración simple）的結構可以分成兩大類：「主詞+表語」、「主詞+謂語」。有關表語（atributo）的內容，留待第六章「動詞SER 與 ESTAR」再詳加說明。首先，我們看謂語（predicado）。

　　「謂語」的核心是動詞，後面可接受詞、補語或副詞，在句子中擔任述說主詞情況的功用。謂語動詞依其後面帶或不帶受詞可以分成「及物動詞」或「不及物動詞」。

▶ Elena escribía.

  謂語，escribir是不及物動詞

愛蓮娜寫（東西）。

> 西班牙語動詞escribir可以是及物或不及物動詞，但是中
> 文翻譯上仍會帶上受詞。

▶ Elena escribía una carta.

  謂語，escribir是及物動詞

愛蓮娜寫一封信。

若動詞為及物動詞，句型又可分為主動和被動語態。

▶ La frutera vende manzanas.
那水果販賣蘋果。（*主動句型*）

▶ Las manzanas se venden por la frutera.
蘋果是那水果販賣的。（*被動句型*）

另外，西班牙語有一類動詞稱為反身動詞（verbos reflexivos），例如：llamarse（自己稱為）或（自己叫做），lavarse（自己洗）等等。反身動詞中文翻譯時會用「自己」來強調動作發生在自己身上。

謂語是表達主詞行為、功用的部分，語法結構上可以是「動詞」、「動詞+受詞」、「動詞+補語」。

 ▶ Esta llave abre cualquier puerta.
這把鑰匙可以打開任何門。

▶ Beatriz abre la puerta con esta llave.
貝亞提斯用這把鑰匙打開了這個門。

以下兩個範例的句子結構是承襲拉丁文，動詞的右邊帶有兩個名詞，分別做直接受詞與間接受詞，當作謂語。

 ▶ Ellos nombraron director   a Fernando.

  直接受詞 間接受詞

他們任命費南多為主任。

▶Elena hizo pedazos la carta.
　　　　　　　直接受詞　間接受詞

愛蓮娜把信給撕毀了。

■ 練習題

Ⅰ.請填入正確的現在式動詞變化（Presente de indicativo）

1. Tú _____ (trabajar) demasiado.

2. Lo _____ (yo, hacer) ahora por si acaso se me olvida.

3. ¿Cómo _____ (llamarse, tú)?

4. ¿Cómo _____ (escribirse) tu nombre? ¿y de apellido?

5. ¿Qué lenguas _____ (hablar, tú)?

6. ¿Qué lenguas _____ (hablarse) en España?

7. ¿Cómo _____ (decirse) "bien" en inglés?

8. ¿De dónde _____ (ser) tu profesora?

9. ¿Dónde _____ (vivir) tú?

10. ¿Qué _____ (hacer) usted?

11. ¿Qué _____ (estudiar, vosotros)?

12. Buenos días, ¿me _____ (poder, usted) dar el teléfono del hospital?

13. ¿ _____ (Tener, tú) hora?

14. ¿Qué número de teléfono _____ (tener, ustedes)?

15. ¿ _____ (Ser) usted la señora Pérez?

16. ¿Cuántos años _____ (tener, usted)?

17. ¿Cómo _____ (ser) tu amiga María?

18. ¿ _____ (Hablar, ustedes) español?

19. Sí, puedo _____ (hablar) español, francés e inglés.

20. _____ (Ir, nosotros) al cine. ¿Vienes con nosotros?

21. "Good morning" _____ (decirse) 'Buenos días' en español.

22. Aquella chica _____ (llamarse) María.

23. Todas las mañanas _____ (levantarse, nosotros) a las ocho.

24. ¿De qué color _____ (ser) tu coche?

25. Yo _____ (trabajar) en Kaohsiung.

26. María _____ (trabajar) en Taipei.

27. Nosotros _____ (vivir) en Tainan.

28. Juan y Juana _____ (vivir) en Taiwan.

29. Usted _____ (comer) en casa.

30. Tú _____ (comer) en casa.

31. Vosotros _____ (abrir) el libro.

32. Yo _____ (abrir) el libro.

33. Nosotros _____ (tomar) el café.

34. Ustedes _____ (tomar) el café.

35. Yo _____ (ser) Rosa.

36. Nosotros _____ (ser) estudiantes.

37. -¿Cómo _____ (estar) usted?

   -Yo _____ (estar) bien. Gracias.

38. -¿Cómo _____ (llamarse) usted?

   -Yo _____ (llamarse) Luis.

39. El número de estudiantes que hablan español en esta escuela _____ (ser) de unos 300 personas.

40. ¿De qué tamaño _____ (ser) los zapatos?

41. Le _____ (echar, yo) mucho de menos.

42. Mi hermano _____ (medir) uno ochenta.

43. ¿Qué lenguas _____ (hablar, tú)?

44. ¿Qué lengua _____ (hablarse) en Japón?

45. ¿Cómo _____ (decirse) "bien" en inglés?

46. ¿Dónde _____ (vivir, vosotros)?

47. Buenos días, ¿me _____ (poder, vosotros) dar el teléfono del _____ hospital San Carlos?

48. ¿Cuántos años _____ (tener) su padre?

49. ¿Cómo _____ (ser) tus amigas?

50. ¿Cuánto _____ (costar) este libro? / ¿Cuánto es este libro?

51. ¿Cuál _____ (ser) la capital de España?

52. ¿Cuántos habitantes _____ (tener) Kaohsiung?

53. ¿Cuánto _____ (durar) la clase?

54. ¿Cuál _____ (ser) tu dirección?

55. ¿Toledo _____ (estar) muy lejos de aquí?

56. Paco _____ (levantarse) a las ocho de la mañana.

57. Su clase _____ (empezar) a las tres de la tarde.

58. _____ (ser) la una en punto.

59. Tengo que _____ (lavarse) las manos.

60. José y Luis _____ (ser) profesores.

61. Nosotros _____ (lavar) la ropa dos veces a la semana.

62. Tú _____ (soñar) con fantasmas.

63. Este niño _____ (sentarse) en la silla, es muy nervioso.

64. María _____ (vestirse) muy bien.

65. Así _____ (empezar) todo.

66. Yo _____ (saber) que estás leyendo un cómic.

67. Platero _____ (ser) pequeño, peludo, suave; tan blando por fuera, que se diría todo de algodón, que no _____ (llevar) huesos.

68. La noche_____ (caer), brumosa ya y morada.

69. La luna _____ (venir) con nosotros, grande, redonda, pura.

70. ¿ _____ (saber) tú, quizá, de dónde _____ (ser) esta blanda flora, que yo no _____ (saber) de dónde es, que enternece, cada día, el paisaje y lo deja   dulcemente rosado, blanco y celeste -más rosas, más rosas-, como un cuadro de Fra Angélico, el que pintaba la gloria de rodillas?

71. Tus ojos, que tú no _____ (ver), Platero, y que alzas mansamente al cielo, _____ (ser) dos bellas rosas.

72. No saben qué _____ (hacer).

73. La casa _____ (desaparecer) como un sótano.

II.以下是介紹西班牙國旗的國徽。請在各句空格填入正確的動詞變化

1. El escudo _____ (constar) de cuatro cuarteles, en los cuales _____ (verse): un león, un castillo, unas barras rojas y unas cadenas.

2. El león. _____ (ser) fácil _____ (comprender) que representa al reino del mismo nombre.

3. El castillo. El castillo _____ (representar) al reino de Castilla.

4. Las barras. Las barras nos _____ (recordar) a Cataluña y Aragón, unidos en un solo reino por el casamiento de Doña Petronila de Aragón, con Ramón Berenguer IV de Cataluña.

5. Las cadenas: _____ (ser) el blasón que nos recuerda a Navarra.

6. Las columnas de Hércules: se quiere _____ (hacer) referencia al reciente descubrimiento de América, que amplió el límite de los dominios de Imperio español.

7. El yugo y las flechas: _____ (ser) símbolos que _____(tomarse) también de los Reyes Católicos, para indicar que la España actual quiere vivir del espíritu inmortal de los creadores de la unidad de España.

動詞變化 II (Conjugación verbal)

第4章所介紹的西班牙語動詞是依「人稱形式」來區分，若從「非人稱形式」來觀察它的其它特徵，則有單一形式與複合形式兩種。前者包含「不定式」，「進行式」與「過去分詞」；後者則有現在完成式與進行式。

■ 本章重點　　● 非人稱形式的動詞
　　　　●
　　　　　　　　現在完成式
　　　　●
　　　　　　　　進行式

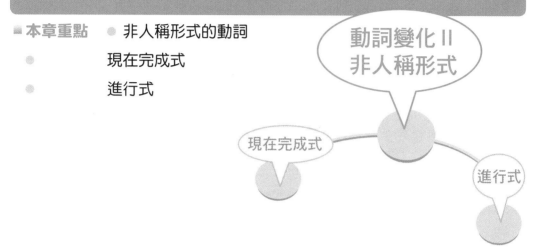

● 非人稱形式的動詞

在第四章我們已經介紹過西班牙語動詞可按「時態」（tiempo）分為十四種詞尾變化，這樣的區分是依照「人稱的形式」（formas personales），因此，我們可以清楚地看到十四種時態裡，各自有六個人稱的動詞形式，更準確地講：有六種不同的詞尾變化（inflexión）。此外，我們也可以從「非人稱的形式」（formas no personales）來觀察西班牙語動詞的其他特徵。

動詞「非人稱的形式」有單一形式（simple）與複合形式（compuesta）兩種。前者包含了「不定式」（infinitivo）、「進行式」（gerundio）、「過去分詞」（participio pasivo）；後者則是「現在完成式」（perfecto）與「進行式」（gerundio）動詞複合形式的結構。

1. 非人稱的單一形式

◆ 「不定式」（Infinitivo）

即三種原形動詞結尾，例如：trabajar、comer、vivir。

◆ 「進行式」（Gerundio）

trabajando、comiendo、viviendo。

◆ 「分詞」（Participio pasivo）

trabajado、comido、vivido。

2. 非人稱的複合形式

Haber + { trabajado / comido / vivido }
Estar + { trabajando / comiendo / viviendo }

● 現在完成式

1. 現在完成式的動詞變化

我們已經知道西班牙語動詞有三種原形的詞尾變化：

原形動詞的詞尾	範例
-ar	estudiar 研讀
-er	comer 吃
-ir	vivir 住，活著

規則變化的動詞過去分詞 Participio pasivo 或 Participio de pretérito 是就原形動詞的詞尾做改變。請看下列表格：

原形動詞的詞尾	動詞過去分詞	範例
-ar	-ado	estudiar → estudiado
-er	-ido	comer → comido
-ir	-ido	vivir → vivido

現在完成式的句法結構是「助動詞（Haber）＋動詞過去分詞」，亦即：「Haber + Verbo (en participio pasivo)」。動詞過去分詞的形式是固定的，因此，人稱的指涉是藉由助動詞Haber的變化來表示。

Yo	he	
Tú	has	
Él, Ella, Usted	ha	
Nosotros / Nosotras	hemos	+ { trabajado / comido / vivido}
Vosotros /Vosotras	habéis	
Ellos, Ellas, Ustedes	han	

如果動詞是反身動詞（verbo reflexivo），例如：levantarse（起床）、atreverse（敢）、irse（離去），現在完成式的句法結構如下表：

Yo	me	he	
Tú	te	has	
Él, Ella, Usted	se	ha	
Nosotros / Nosotras	nos	hemos	+ {levantado / atrevido / ido}
Vosotros /Vosotras	os	habéis	
Ellos, Ellas, Ustedes	se	han	

西班牙語動詞的過去分詞除了上述的規則變化，還有一些過去分詞是

不規則變化，而這些不規則變化的分詞都是以 -er、-ir 結尾的原形動詞。

原形動詞		不規則變化的過去分詞
abrir	打開	abierto
cubrir	覆蓋	cubierto
descubrir	發現	descubierto
decir	說	dicho
contradecir	反對	contradicho
predecir	預言	predicho
escribir	寫	escrito
describir	描述	descrito
transcribir	抄寫	transcrito
hacer	做	hecho
deshacer	拆毀	deshecho
satisfacer	滿足	satisfecho
poner	放	puesto
componer	組織	compuesto
disponer	安排	dispuesto
ver	看	visto
volver	回來	vuelto
envolver	包裝	envuelto
resolver	解決	resuelto
morir	死	muerto
romper	打破	roto

2. 現在完成式的使用時機

◆ 表示最靠近現在的過去式

時態上，「現在完成式」是表示最靠近現在的過去式，也就是說，動作發生的時間點在過去，而結束的時間點在情感上是說話者言語的當下。我們用數線表示，數字0代表現在，左邊表過去的時間，右邊則表示未來的時間，動作「He comido.」（我剛剛吃過），時態上是一現在完成式，用虛線表示，其結束點在數字0。

◆ 情感上表示說話者言語的當下

（範例）▶ Últimamente he trabajado mucho.
最近我工作很多。

◆ 表示從未有過的經驗

（範例）▶ Todavía no he estado en Granada.
我還沒去過格蘭那達。

◆ 表示剛剛發生的動作

（範例）▶ Acabo de comer, por eso no tengo hambre.
我剛剛吃過，所以不餓。

◆ 心理上彷彿昨日才剛發生的事情

使用「現在完成式」表達的動作，雖然很明確地是發生在過去的時間，但在說話者心理上，感覺恍如昨日才剛剛發生的事情。

（範例）▶ He vuelto de España hace unos meses.
我從西班牙回來好幾個月了。

◆ **現在完成式與簡單過去式搭配使用的時間副詞**

一般我們可以從字面意義了解現在完成式與簡單過去式各自搭配的時間副詞。指示代名詞este、esta表示靠近說話者，ese、esa表示距離說話者較遠，aquel、aquella更遠，當它們後面接時間意義的名詞形成一時間副詞，也就分別表達從過去到現在說話時刻的遠近。例如：esta noche（今晚）、esa noche（那天晚上）、aquella noche（那天晚上）。

現在完成式（**Tiempo perfecto**）		簡單過去式（**Tiempo indefinido**）	
hoy	今天	ayer	昨天
varias veces	幾次	anteayer	前天
nunca	從未	anoche	昨晚
siempre	總是	el 12 de julio	7月12日
a principio de mes	月初	en 1936	1936年
este curso	這學年	muchas veces	好幾次
todavía	仍然	el otro día	有一天
hasta ahora	直到現在	hasta ese momento	直到那時
muchas veces	好幾次	hasta aquel momento	直到那時
ya	已經	ese día / aquel día	那一天
últimamente	最近	esa década / aquella década	那十年
esta mañana	今天早上	esa mañana / aquella mañana	那天早上
esta tarde	今天下午	esa tarde / aquella tarde	那天下午
esta noche	今天晚上	esa noche / aquella noche	那天晚上
este año	今年	el año pasado	去年
en mi vida	我這一生	el domingo pasado	上星期日
este mes	這個月	el mes pasado	上個月

現在完成式（Tiempo perfecto）		簡單過去式（Tiempo indefinido）	
alguna vez	有一次	ese mes / aquel mes	那個月
este siglo	本世紀	el siglo pasado	上世紀
esta semana	這禮拜	la semana pasada	上禮拜
hace un rato	剛剛沒多久前	hace unos días	幾天前
hace 10 minutos	10分鐘前	hace mucho tiempo	好久以前
en los últimos meses	這幾個月	esa semana / aquella semana	那星期
toda mi vida	我這輩子	aquel año / ese año	那一年

在看範例前，我們先認識一下動詞簡單過去式（Pretérito indefinido）的詞尾變化。在《進階西班牙語文法速成》一書裡，我們會再詳述該時態使用的時機。

Verbos	Singular		Plural	
ESTUDIAR	Yo Tú Usted, Él, Ella	estudié estudiaste testudió	Nosotros Vosotros Ustedes, Ellos, Ellas	estudiamos estudiasteis estudiaron
COMER	Yo Tú Usted, Él, Ella	comí comiste comió	Nosotros Vosotros Ustedes, Ellos, Ellas	comimos comisteis comieron
ABRIR	Yo Tú Usted, Él, Ella	abrí abriste abrió	Nosotros Vosotros Ustedes, Ellos, Ellas	abrimos abristeis abrieron

 ▶ Esta semana hemos ido al cine cinco veces.
　這星期我們已去電影院五次了。

　　▶ He visto a María esta mañana.
　　今天早上我有看見瑪麗亞。

範例 ▶ El examen del martes pasado Juan lo hizo faltal, pero es que no estudió nada.

上星期二的考試璜考得糟透了，不過那是因為他都沒念書。

▶ Nací en 1986.

我1986年出生。

● **進行式**

1. 進行式的動詞變化

進行式的動詞變化（Gerundio）也是就原形動詞的詞尾做改變。這一類動詞語法上我們又稱為「副動詞」。請看下表：

原形動詞的詞尾	進行式	範 例
-ar	-ando	estudiar → estudiando
-er	-iendo	comer → comiendo
-ir	-iendo	abrir → abriendo

進行式的句法結構是「{動詞／助動詞}＋副動詞」。副動詞的形式是固定的，因此，人稱的指涉是藉由動詞或助動詞的變化來表示。

Yo	estoy	
Tú	estás	
Él, Ella, Usted	está	+ { trabajando / comiendo / viviendo }
Nosotros / Nosotras	estamos	
Vosotros /Vosotras	estáis	
Ellos, Ellas, Ustedes	están	

西班牙語動詞的進行式除了上述的規則變化，還有一些進行式的詞尾變化是不規則的。這些不規則變化的進行式都是以 -er、-ir 結尾的原形

動詞，我們也可以從其動詞現在式的變化看出端倪，像是「動詞音節中母音的變化：e→i（請看下表動詞corregir）或o→u（請看下表動詞dormi）」，母音 i 出現在兩個母音中間時，改用字母 y 替代（請看下表動詞 construir）。

原形動詞		不規則變化的進行式
corregir	修改	corrigiendo
dormir	睡覺	durmiendo
construir	建造	construyendo
conseguir	得到	consiguiendo
creer	認為	creyendo
decir	說	diciendo
despedirse	辭行	despidiéndose
destruir	破壞	destruyendo
divertirse	娛樂	divirtiéndose
caer	掉落	cayendo
huir	逃	huyendo
ir	去	yendo
leer	唸	leyendo
mentir	說謊	mintiendo
morir	死	muriendo
oír	聽	oyendo
pedir	需求	pidiendo
poder	能夠	pudiendo
reír	笑	riendo
repetir	重複	repitiendo

原形動詞		不規則變化的進行式
seguir	繼續	siguiendo
sentir	感覺	sintiendo
servir	服務	sirviendo
traer	帶來	trayendo
venir	來	viniendo
vestir	穿戴	vistiendo
vestirse	穿衣	vistiéndose

2. 副動詞的使用時機

◆ 報章雜誌大標題的使用

 ▷ Amstrong PISANDO la Luna.
阿姆斯壯踏上月球。

◆ 相當於直接受詞、間接受詞或景況補語

「副動詞」的使用語法功用上相當於直接受詞（complemento directo）、間接受詞（complemento indirecto）或景況補語（complemento circunstancial）。

 ▷ Te mantendrás en forma haciendo deporte.（直接受詞）
你做運動將可以保持身材。

▷ Te recibirán presentando la carta al director.
= Te recibirán si presentas al director (CI) la carta (CD).
如果你把信件交給主任，他們就會接待你。

▷ Vimos a Luis paseando por la calle.
我們看見Luis在街上散步。

◆ 相當於形容詞的功用

「副動詞」的使用語法上相當於形容詞的功用，當名詞的補語。

 ▶ Ponlo en agua hirviendo.
把它放到燒開的水裡。

▶ Vieron la casa ardiendo.
他們看見房子燒起來。

◆ 相當於副詞的功用

「副動詞」的使用語法上相當於副詞的功用，修飾主動詞，表示方式。

 ▶ Él llegó silbando.
他吹著口哨到來。

▶ Él salió corriendo.
他跑出來。

◆ 代表的動作與主動詞的動作幾乎同時發生

 ▶ Vi a Juan paseando.
我看見Juan散步。

◆ 表示動作的持續

 ▶ Ella está escribiendo.
她正在寫。

▶ Sigo pensando.
我繼續想。

◆ **副動詞動作的發生早於主動詞的動作**

> 範例 ▶ Alzando el libro, lo dejó caer sobre la mesa con toda su fuerza.
> 他高舉書用力地摔在桌上。

◆ **在複合句中引導表示條件的從屬子句**

「副動詞」在複合句（oración compleja）中引導表示條件的從屬子句（proposición subordinada），句法上是分詞構句，省略了表示條件的連接詞，例如：si。

> 範例 ▶ Habiéndolo ordenado el jefe, hay que obedecer.
> = Si lo ordenó el jefe, hay que obedecer.
> 假如董事長有下命令，就要遵從。

◆ **在複合句中引導表示原因的從屬子句**

「副動詞」在複合句中引導表示原因的從屬子句，句法上是分詞構句，省略了表示原因的連接詞，例如：porque。

> 範例 ▶ Conociendo su manera de ser, no puedo creerlo.
> = Porque conozco su manera de ser, no puedo creerlo.
> 因為了解他的個性。我不敢相信。

◆ **在複合句中引導表示讓步的從屬子句**

「副動詞」在複合句中引導表示讓步的從屬子句，句法上是分詞構句，省略了表示讓步的連接詞，例如：aunque。

> 範例 ▶ Lloviendo a cántaros, iría a tu casa.
> = Aunque lloviera a cántaros, iría a tu casa.
> 儘管下著傾盆大雨，我應該還是會去你家。

◆ 表示補充說明

「副動詞」在句中插入，表示補充說明，句法上等於是關係形容詞子句。

 ▶ El alumno, viendo el resultado del examen, se sentía triste.

= El alumno, que veía el resultado del examen, se sentía triste.

這個學生看到考試結果很傷心。

3. 副動詞不正確的使用

下面我們列舉出不正確的副動詞使用：

⊗ Llegó sentándose.

他坐著到達。

這句話的錯誤在動作「到達」與「坐下來」不可能同時間發生，且「坐下」語法上不可能當做副詞修飾主動詞，表示「方式」。　畢竟，按照常理應該沒有人「邊坐下來邊到達」。

⊗ Don Juan nació en Madrid en 1990, siendo hijo de Dº. Luis.

璜一九九〇年在馬德里出生當路易士的兒子。

這句話的錯誤在副動詞出現在主動詞的後面起修飾的作用，相當於副詞。因此，siendo hijo de Dº. Luis. 若當副詞，這句話的意思變得很奇怪：Don Juan 是以當 Dº. Luis 兒子的方式出生。

⊗ Una caja conteniendo doce cervezas.

一箱同時裝了十二瓶啤酒。

這句話的錯誤在於句中的主詞（可以是名詞、代名詞），後面如果不是接表達動作的動詞，副動詞不能用來修飾該主詞。

⊗ Vi un árbol floreciendo.

我有看到一棵樹開花結果。

這句話的錯誤在副動詞 floreciendo 不可以當做性質形容詞用來修飾名詞árbol。另外，floreciendo 的語意內涵是表示「開始」，但是我們不可能親眼看著一棵樹每一分每一秒地成長茁壯，除非是用高倍數攝

影機拍攝，透過處理、剪接後才有可能在短時間內看到樹木長高，枝葉開花結果。

⊗ Dio el paquete a una mujer entrando en la casa.

他給一位女士一個包裹，進家門同時。

這句話的錯誤在間接受詞如果是一名詞 mujer，不可以使用副動詞 entrando 來修飾該名詞。這句話正確的說法應該要使用關係形容詞子句：Dio el paquete a una mujer que entraba en la casa.

⊗ El ladrón huyó siendo detenido.

小偷逃跑正好被抓。

這句話的錯誤在副動詞 siendo detenido 動作的發生不能晚於主動詞的動作 huyó。在簡單句裡「副動詞」代表的動作只能晚於主動詞，或者與主動詞的動作幾乎同時發生。因此，這句話正確的說法應該是：El ladrón huyó y fue detenido cuando intentaba subir al autobús.

練習題

I.請填入正確的現在完成式

1. Hoy no _____ (yo, estudiar) nada.

2. Hoy _____ (ser) un día estupendo.

3. Todavía no _____ (emepzar) la clase de español.

4. No _____ (ellos, venir) a la fiesta.

5. Juan no _____ (terminar) la carrera de la universidad todavía.

6. Nunca _____ (nosotros, conocer) a una persona tan fea.

7. Jamás _____ (yo, tomar) un café tan amargo.

8. Este verano María y Luisa _____ (ir) a la playa a tomar el sol.

9. Aún no _____ (el jefe, llegar) a la reunión.

10. Este año _____ (subir) mucho el precio de la gasolina.

11. Siempre _____ (hacer, él) bien en su trabajo.

12. Esta mañana _____ (nosotros, desayunar) muy temprano.

13. María _____ (desayunar) con pan y un café esta mañana.

14. Pepe _____ (jugar al tenis) esta tarde con sus amigos.

15. Hoy nosotros _____ (comer) paella en un restaurante español.

16. ¿Qué _____ (tú, cenar) esta noche?

17. Yo _____ (cenar) un par de huevos esta noche.

18. Yo _____ (perder) dos gafas de sol este año.

19. En toda mi vida _____ (yo, ver) un asunto tan horrible como éste.

20. Me _____ (llamar) Luis hace un rato.

21. Mi bicicleta _____ (estropearse) dos veces en los últimos meses.

22. No _____ (nosotros, tener) ninguna noticia suya hasta ahora.

23. Os _____ (decir) el profesor muchas veces que tenéis que estudiar español al menos veinte minutos un día.

24. _____ (llover) mucho esta semana.

25. Yo _____ (suspender) dos asignaturas este curso.

II.現在進行式：請將左邊句子裡現在式動詞改為現在進行式

1. El profesor borra algo de la pizarra. / El profesor _____ algo de la pizarra.

2. El chico tira la basura en la papelera. / El chico _____ la basura en la papelera.

3. El chico escucha la música. / El chico _____ la música.

4. El señor mira e indica algo de lejos. / El señor _____ algo de lejos.

5. El señor lee el peródico. / El señor _____ el periódico.

6. La chica busca cosas en el bolso. / La chica _____ cosas en el bolso.

7. La señorita escribe. / La señorita _____.

8. El chico abre la puerta. / El chico _____ la puerta.

9. La chica bebe agua caliente. / La chica _____ agua caliente.

10. El chico mete un libro en el bolso. / El chico _____ un libro en el bolso.

動詞SER與ESTAR

ser和estar是西班牙語「表語」特有的主要動詞，中文稱為「連繫動詞」。SER用來表示人或事物固有的本質及特性，ESTAR則用來表示暫時性或狀況可能改變。

■ **本章重點** ● SER與ESTAR的使用時機
● SER與ESTAR的比較

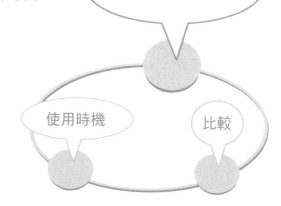

● SER與ESTAR的使用時機

　　我們在第四章已經提到過簡單句的結構可以分成兩大類：「主詞＋謂語」、「主詞＋表語」。前者我們已在第四章介紹過，現在讓我們看看「表語」（atributo）的部分。

　　西班牙語「表語」的主要動詞就是SER和ESTAR，這兩個動詞西班牙文稱為「verbos copulativos」，中文稱為「連繫動詞」，例如：「是」，其功用在連繫兩個名詞詞組（請看下面兩個範例）。西班牙語連繫動詞SER和ESTAR所連繫的部分稱為表語（atributo）。動詞 SER 用來表示人或事物固有的本質及特性，ESTAR 則用來表示暫時性或狀況可能改變，中文若要強調可將副詞「暫時」加上去。

▶ Elena es <u>la médica de la clínica hospital San Carlos</u>.

表語

愛蓮娜是聖卡洛斯醫院的醫生。

▶ Elena está <u>de médica en el hospital</u>.

表語

愛蓮娜（暫時）是這家醫院的醫生。

● SER與ESTAR的比較

　　動詞SER跟ESTAR是西班牙語言特有的。舉例來說，**SER 表示描述主語與生俱來的本質，ESTAR 則強調暫時性的狀態**。如果我們說「El cielo es azul.」（天是藍的），我們表達的是長久以來大家都認同天空的顏色是藍色。不過，如果我們說「El cielo está azul.」（天是藍的），我們是想強調說話的當下天空沒有一片雲，看起來是藍色的。不過，要注意的是：西班牙語這兩句話在翻譯成中文的時候都翻成「天是藍的」，儘管添字加詞可以幫助了解原文的本意，不過譯文有時聽起來卻很繞舌彆扭。因此，讀者只有在認識這兩個動詞內藏的言外之意以後，才能真正體會到同樣一句話不同的動詞傳達不同的感受。

　　下面我們分別介紹動詞SER跟ESTAR個別的特徵與使用時機：

SER	ESTAR
❶描述主語的性質、分類：	❶表達行為與動作的結果：
① 辨別身分：	① 描述人的精神狀態：
▶ Soy Beatriz.	▶ Estoy muy cansado.
我是Beatriz.	我很疲倦。
② 國籍、來源：	▶ Estás muy deprimida.
▶ Somos alemanes.	你很意志消沉。
我們是德國人。	② 婚姻狀態：
▶ Estas naranjas son de Florida.	▶ Estoy casado
這些柳丁來自佛羅里達。	③ 描述主語（人、事、物、環境等）的狀態：
③ 宗教、職業：	▶ El Corte Inglés está cerrado.
▶ María es médica.	百貨公司El Corte Inglés 關門了。
瑪麗亞是醫生。	

SER	ESTAR
④ 描述主語（人、事、物等）的外表： ▶ María es alta. 　　瑪麗亞很高。 ⑤ 描述人的性格： ▶ Los españoles son alegres. 　　西班牙人很快樂。 ⑥ 材料： ▶ Este reloj es de oro. 　　這隻手錶是金做的。	
❷ 對事實一般的評論： ▶ Es divertido salir por la noche en Madrid. 　　馬德里晚上出門很有趣。	❷ 對事物的評論： ▶ La comida está muy rica. 　　這食物很美味。
❸ 時間： ① 報時： ▶ Son las seis de la tarde. 　　下午六點鐘。 ② 星期幾： ▶ Hoy es lunes. 　　今天是星期一。 ③ 時期、季節： ▶ Es otoño. 　　現在是秋天。	❸ 時間： ① 日期： ▶ Estamos a jueves. 　　現在是星期四。 ② 在某一時期、季節： ▶ Estamos en verano. 　　現在是夏天。
❹ 地點： ① 事件發生的地點： ▶ La boda será en la iglesia. 　　婚禮在教堂舉行。	❹ 地點： ① 人、事、物的位置： ▶ Mi novia está en Madrid. 　　我的女朋友在馬德里。
❺ 數量： ▶ Es poco. 　　很少。 ▶ Es mucho. 　　很多。	❺ 數量： ① 價格： ▶ La carne está a 6 euros. 　　肉價六塊歐元。
❻ 所有格： ▶ El coche es mío. 　　車子是我的。 ▶ Estos terrenos son del ayuntamiento. 　　這些土地是市政府的。	❻ 動作的進展（進行式）： ▶ María está durmiendo la siesta. 　　瑪麗亞正在睡午覺。

SER	ESTAR
❼ 目的地。表事物最終接受者或擁有者。 ▶ Estos pantalones no son para mí. 　這不是我的褲子。 ▶ El regalo es para ella. 　禮物是給她的。	❼ 遇見、碰到： ▶ Estamos en una situación sin salida. 　我們遇到了困境。 ▶ Cuando la veía, estaba en el colegio. 　我看見她時，她在學校。
❽ 存在： ▶ El trabajo supone su única razón de ser. 　工作意味著您存在的唯一一理由。	❽ 表達人、事、物出現或未出現： ▶ Si llama él, dile que no estoy. 　如果他打來，跟他說我不在。
❾「ser + que ...」句型帶有解釋意味： ▶ Es que yo no tengo tiempo para eso. 　是因為我沒空為那事。	❾ 表持續、長期： ▶ No puedo estar de pie tanto tiempo. 　我無法站這麼久。
❿「Ser + de + nombre / pronombre」句型有詢問別人命運的意味： ▶ ¿Qué será de ti cuando yo falte? 　如果我不在，你會變得怎麼樣？	❿ 表事情準備好或找到東西： ▶ Ya está, por fin terminé. 　好了，我終於結束了。 ▶ ¡Ya está! Encontré el error. 　好了，我找到錯誤了。
⓫ 與介系詞連用，否定句型，表示「無法」，「不足以」： ▶ Yo no soy para decirle que no. 　我無法跟他說不。 ▶ Ese coche no es para correr mucho. 　那部車不是用來長途跋涉的。	⓫ 表示專心於某事或表達同意： ▶ No estáis en lo que hacemos. 　你們不知道我們在做什麼。
⓬ 表達事情緣由： ▶ Esto fue su triunfo. 　這是他成功的原因。	⓬ estar + 副詞： ▶ Yo estoy bien. 　我很好。
⓭「ser + de + 原形動詞」等於以-ble結尾的形容詞： ▶ Es de esperar que todo se solucionará. (= Es esperable...) 　所有問題的解決是指日可待的。	⓭ 在非被動語態的句型中，estar + 過去分詞： ▶ Yo estoy cansada. 　我很累。 ▶ La puerta estaba abierta. 　門那時開著。

SER	**ESTAR**
⑭ 動詞的過去分詞與ser連用表示被動語態的句型：	⑭ 動詞的過去分詞與estar連用表示狀態：
▶ Ella es admirada por sus compañeros de clase. 她受到班上同學的欽佩。	▶ Las puertas están cerradas todas las noches. 門每晚都關著。
▶ Las puertas son cerradas todas las noches. 門每晚都關上（強調動作反覆被做）。	

■ 練習題

請在下列各句空格裡填入動詞SER或ESTAR其中之一，使其成為合乎語法的句子。

1. (Yo) no _____ de aquí.

2. El concierto _____ en el Teatro Real.

3. No sé dónde _____ los invitados.

4. ¿Por qué no quieres ir con nosotros? _____ que tengo mucho trabajo que hacer.

5. El uso de se no _____ fácil de explicar.

6. Estas flores _____ para mi esposa.

7. Ella no _____ (ella) para bromas; se encuentra muy deprimida.

8. _____ (Yo) para salir cuando sonó el teléfono.

9. El piso _____ por barrer.

10. Oye, no te pongas tan nerviosa, _____ (nosotros) contigo.

11. Lo que me preocupa _____ que no sepan dónde _____ el informe.

12. La comida _____ por hacer.

13. _____ (María y José) en Madrid este verano.

14. Esa caja no _____ de plástico sino de madera.

15. Noemí _____ una china alegre, pero hoy _____ triste.

16. _____ (Yo) angustiada porque aún no sé los resultados del examen.

17. En clase _____ (nosotros) veinte, pero hoy sólo _____ (nosotros) doce.

18. Maite _____ soltera.

19. El cuadro _____ pintado por Roberto Matta.

20. La pared _____ pintada desde ayer.

21. Cuando la vi me dijo que _____ muy contenta con su nueva casa.

22. He decidido no salir porque no _____ muy católico.

23. La profesora _____ a punto de llegar.

24. _____ 8 de octubre hoy.

25. _____ a viernes.

26. ¿A cuánto _____ las manzanas?

27. No cojas esa manzana porque _____ muy verde todavía.

28. María siempre _____ atenta en clase.

29. El concierto _____ muy bien.

30. Lo que quería decir _____ que ese chico no tiene solución.

31. El accidente _____ a la salida de la autopista.

32. ¡Qué alta _____ (la niña) ya!

33. _____ una vez una ninfa que vivía junto a un río de oro....

34. En clase somos cincuenta, pero hoy sólo _____ treinta.

35. Las manzanas _____ a dos euros el kilo.

36. Al anochecer, cuando llegaron a la frontera, Nena Daconte se dio cuenta de que el dedo con el anillo le _____ sangrando.

37. Lo que quería decir _____ que ese chico no tiene solución.

38. El accidente _____ a la salida de la autopista.

39. La sopa _____ caliente.

40. Noemí _____ la médica del hospital San Carlos.

41. Lara _____ ella.

42. Este libro de gramática _____ suyo.

43. Esto _____ mentir.

44. ¡Maldita _____! Me acaba de picar un abejorro.

45. _____ en unos grandes almacenes donde se produjo la explosión.

46. _____ una vez una princesa que vivía en un palacio de cristal....

47. _____ (Yo) en bata, pero en un par de minutos me visto y te voy a recoger.

48. El problema _____ aún por solucionar.

49. _____ que me muero de hambre.

50. La secretaria aún no ha acabado de redactarlo, pero _____ en ello.

51. Dice que _____ una fiesta de Fin de Año impresionante, pero creo que no fue para tanto.

52. Suele _____ bajísimo de moral. Es pesimista por naturaleza.

53. Estas reuniones _____ muy cansadas. Siempre salimos sin ganas de nada.

54. _____ muy molesto que te despierten con una sirena de alarma.

55. Ha aprobado las oposiciones a la primera. _____ muy listo.

56. No me ha gustado la policía que me recomendaste. _____ muy violenta.

57. Ha sido un accidente terrible pero lo importante es que _____ (nosotros) vivos.

筆記頁

7 命令式 (Imperativo)

西班牙語的命令式亦是藉由動詞的詞尾變化來傳達語言上的命令與要求。

■ **本章重點**
- 命令式語法
- 肯定命令式
- 否定命令式
- 命令式的使用時機

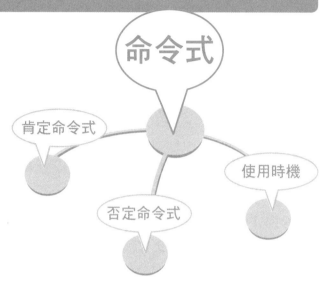

命令式

肯定命令式

否定命令式

使用時機

● 命令式語法

　　西班牙語的肯定與否定命令式（El imperativo afirmativo y negativo）亦是藉由動詞的詞尾變化來傳達語言上的命令與要求。西班牙語的動詞詞尾變化（conjugación verbal）之前我們已看過，是藉由形態學（morfología）上的外在形式來表達內在的語意（semántica）、意念或溝通上的語用（pragmática）功用。因此，我們可以說西班牙語是一個強調句法和構詞法（morfosintaxis）取向的語言，從文字書寫上即可清楚地看到說話者想要表達的人稱（persona）、陰陽性（género）、單複數（número）、時態（tiempo）、語氣（modo）、動貌（aspecto）等其中一項或多項語法內容。

　　不論肯定或否定命令式之動詞變化都與現在式的動詞變化息息相關。兩者也都有規則變化與不規則變化，發音上尤其須注意重音節和語調的唸法。

● 肯定命令式

　　肯定命令式之對象都是第二人稱，不過從人稱代名詞主格來看，我們知道西班牙語的第二人稱有四個不同稱謂，第一組是非正式或親密的稱呼：你（tú）、你們（vosotros / vosotras）；第二組是正式或禮敬的稱呼：您（usted）、您們（ustedes）。肯定命令式的動詞變化也就這四種，並不會很複雜。但是要注意的是，西班牙語動詞不論那一種「時態」（tiempo）或「語氣」（modo），都有規則變化與不規則變化。不規則變化的部分是需要特別去記的，不過這一類動詞常用，出現的頻率高，因此只要多說、多聽，應該很容易掌握。

1. 肯定命令式動詞「規則變化」

　　下面我們就西班牙語原形動詞 -ar、-er、-ir 結尾，各舉一範例，依照人稱你（tú）、你們（vosotros）、您（usted）、您們（ustedes）列出肯定命令式之規則動詞變化。

原形動詞	主詞	肯定命令式
TRABAJAR 工作	Tú Vosotros Usted Ustedes	trabaja trabajad trabaje trabajen
COMER 吃	Tú Vosotros Usted Ustedes	come comed coma coman
ABRIR 打開	Tú Vosotros Usted Ustedes	abre abrid abra abran

　　從表格中我們可以發現第二人稱「你」（tú）之動詞詞尾變化與現在式第三人稱單數動詞變化一樣，兩者差別只在語氣的強弱：命令式口

氣較強，語調一開始就上揚，而現在式則是陳述事實的句子，語調平緩，沒有太多的起伏變化。

肯定命令式第二人稱複數「你們」（vosotros）之動詞詞尾變化很簡單，只要將原形動詞 -ar、-er、-ir 之字母 r 改成 d 就可以了，也就是詞尾都變成 -ad、-ed、-id；但是要注意重音的唸法，且字母 d 要發成無聲齒間音[θ]。

肯定命令式第二人稱「您」（usted）表示禮敬、客氣之動詞詞尾變化有一特徵：就是原形動詞 -ar 結尾改成 -e；-er、-ir 結尾改成 -a，且都使用第三人稱單數動詞詞尾變化。範例請看上述表格：「¡Trabaje!」（您要工作！）、「¡Coma!」（您要吃！）、「¡Abra!」（您打開！）。其複數型「您們」（ustedes）只需要在「您」（usted）的人稱之單數動詞詞尾加上字母（-n）就可以了，亦即：「¡Trabajen!」（您們要工作！）、「¡Coman!」（您們要吃！）、「¡Abran!」（您們打開！）。

2. 肯定命令式動詞「不規則變化」

肯定命令式動詞「不規則變化」的部分，嚴格來說也可以分成兩大類：一是「不規則變化中的規則變化」，另一個是「完全不規則變化」。前者只要參照第四章「現在式動詞不規則變化中的規則變化」所列出的可能情形，再依照命令式動詞的規則變化去做詞尾變化即可。

下面我們只挑選第四章「動詞音節中雙母音的變化」與「動詞音節中母音的變化」作範例解釋：

◆ 動詞音節中雙母音的變化

原形動詞	主詞	肯定命令式
ACERTAR 猜中	Tú	acierta
	Vosotros	acertad
	Usted	acierte
	Ustedes	acierten

原形動詞	主詞	肯定命令式
ENTENDER 了解	Tú Vosotros Usted Ustedes	entiende entended entienda entiendan
ADQUIRIR 得到	Tú Vosotros Usted Ustedes	adquiere adquirid adquiera adquieran

◆ **動詞音節中母音的變化**

原形動詞	主詞	肯定命令式
SERVIR 服務	Tú Vosotros Usted Ustedes	sirve servid sirva sirvan
PEDIR 要求	Tú Vosotros Usted Ustedes	pide pedid pida pidan
REPETIR 重複	Tú Vosotros Usted Ustedes	repite repetid repita repitan

3. 肯定命令式動詞「完全不規則變化」

肯定命令式動詞「完全不規則變化」，我們這樣稱呼它主要是因為第二人稱「你」（tú）的動詞變化可以說完全沒有規則可循。另外，有些動詞第二人稱禮敬的用法：「您」（usted）與「您們」（ustedes），其變化是從現在式第一人稱單數「我」（yo）之動詞詞尾變化-go轉變成-ga而來的。至於第二人稱複數「你們」（vosotros）之詞尾變化，事實上仍是按規則變化。不過，習慣上我們都會一起列出，方便讀者認

識學習。

原形動詞	主詞	肯定命令式
SALIR 離開	Tú Vosotros Usted Ustedes	sal salid salga salgan
PONER 放	Tú Vosotros Usted Ustedes	pon poned ponga pongan
VENIR 來	Tú Vosotros Usted Ustedes	ven venid venga vengan
VALER 有效	Tú Vosotros Usted Ustedes	val valed valga valgan

原形動詞	主詞	肯定命令式
SEGUIR 繼續	Tú Vosotros Usted Ustedes	sigue seguid siga sigan
HACER 做	Tú Vosotros Usted Ustedes	haz haced haga hagan
DECIR 說	Tú Vosotros Usted Ustedes	di decid diga digan

原形動詞	主詞	肯定命令式
IR 去	Tú Vosotros Usted Ustedes	ve id vaya vayan
VER 看	Tú Vosotros Usted Ustedes	ve ved vea vean
TRADUCIR 翻譯	Tú Vosotros Usted Ustedes	traduce traducid traduzca traducan

原形動詞	主詞	肯定命令式
OLER 聞、嗅	Tú Vosotros Usted Ustedes	huele oled huela huelan
TENER 有	Tú Vosotros Usted Ustedes	ten tened tenga tengan
SABER 知道	Tú Vosotros Usted Ustedes	sabe sabed sepa sepan

4. 肯定命令式「反身動詞」變化

肯定命令式動詞變化，除了上述的型式之外，還須注意與反身代詞 SE 的縮寫。我們以動詞 levantar（舉起）為例，其肯定命令式是規則變化，一旦與反身代詞 SE 縮寫成 levantarse（起床），亦即反身動詞，不僅字義有改變，每個命令式人稱的詞尾變化也都多了一個音節。**按照**

發音規則，動詞後面無論增加幾個音節，一定要保持原來動詞音節重音的唸法，因此，要記得在該有的母音上面標上重音標。此外，第二人稱複數「你們」（vosotros），其命令式的詞尾變化加上反身代名詞os之後，為了發音的流暢，才把子音d去掉。

主詞	levantarse 起床	levantar 舉起
Tú	levántate	levanta
Vosotros	levantaos	levantad
Usted	levántese	levante
Ustedes	levántense	levanten

我們再舉兩個不規則變化的命令式動詞做例子：

主詞	VESTIRSE 自己穿衣	VESTIR 穿衣
Tú	vístete	viste
Vosotros	vístaos	vestid
Usted	vístase	vista
Ustedes	vístanse	vistan

主詞	IRSE 離去	IR 去
Tú	vete	ve
Vosotros	idos	id
Usted	váyase	vaya
Ustedes	váyanse	vayan

● 否定命令式

　　否定命令式的對象與肯定命令式一樣，不包括第一人稱單數「我」（yo）、第三人稱單數「他」（él）、「她」（ella），和第三人稱複數

「他們」（ellos）、「她們」（ellas）在內，其餘都是可以下達否定命令的對象。下面我們仍依照西班牙語原形動詞 -ar、-er、-ir 結尾，與否定命令式的對象：你（tú）、你們（vosotros）、您（usted）、您們（ustedes）、我們（nosotros），各舉一範例，列出否定命令式之動詞規則變化。

原形動詞	主詞	否定命令式
TRABAJAR 工作	Tú Usted Nosotros Vosotros Ustedes	No trabaj<u>es</u>. No trabaj<u>e</u>. No trabaj<u>emos</u>. No trabaj<u>éis</u>. No trabaj<u>en</u>.
COMER 吃	Tú Usted Nosotros Vosotros Ustedes	No com<u>as</u>. No com<u>a</u>. No com<u>amos</u>. No com<u>áis</u>. No com<u>an</u>.
ABRIR 打開	Tú Usted Nosotros Vosotros Ustedes	No abr<u>as</u>. No abr<u>a</u>. No abr<u>amos</u>. No abr<u>áis</u>. No abr<u>an</u>.

事實上，否定命令式的動詞變化就是「現在式虛擬式」（presente de subjuntivo）的動詞變化，其特徵是原形動詞 -ar 結尾做六個人稱變化時改成 -e；原形動詞 -er、-ir 結尾改成 -a。請看下面「現在式虛擬式」的動詞變化，並與上面否定命令式的動詞變化做比較：

原形動詞	主詞	現在式虛擬式
TRABAJAR 工作	Yo Tú Usted Nosotros Vosotros Ustedes	trabaj<u>e</u> trabaj<u>es</u> trabaj<u>e</u> trabaj<u>emos</u> trabaj<u>éis</u> trabaj<u>en</u>

原形動詞	主詞	現在式虛擬式
COMER 吃	Yo	com<u>a</u>
	Tú	com<u>as</u>
	Usted	com<u>a</u>
	Nosotros	com<u>amos</u>
	Vosotros	com<u>áis</u>
	Ustedes	com<u>an</u>
ABRIR 打開	Yo	abr<u>a</u>
	Tú	abr<u>as</u>
	Usted	abr<u>a</u>
	Nosotros	abr<u>amos</u>
	Vosotros	abr<u>áis</u>
	Ustedes	abr<u>an</u>

因此，我們建議老師不妨在教授否定命令式的動詞變化時，直接介紹「現在式虛擬式」的動詞變化給學生認識。因為這兩種動詞的詞尾變化都一樣，學習者只需記得下達否定命令時，前面須有否定字 no，但是不可能對自己、第一人稱單數「我」（yo）下命令。

1. 否定命令式動詞「不規則變化」

否定命令式動詞「不規則變化」，與肯定命令式情況一樣。如果是「不規則變化中的規則變化」，也是參照第四章「現在式動詞不規則變化中的規則變化」，再依照「現在式虛擬式」（presente de subjuntivo）的動詞變化去做詞尾變化即可。

◆ 動詞音節中雙母音的變化

原形動詞	主詞	否定命令式
ACERTAR 猜中	Tú	No aciertes.
	Usted	No acierte.
	Nosotros	No acertemos.
	Vosotros	No acertéis.
	Ustedes	No acierten.

原形動詞	主詞	否定命令式
ENTENDER 了解	Tú Usted Nosotros Vosotros Ustedes	No entiendas. No entienda. No entendamos. No entendáis. No entiendan.
ADQUIRIR 得到	Tú Usted Nosotros Vosotros Ustedes	No adquieras. No adquiera. No adquiramos. No adquiráis. No adquieran.

◆ **動詞音節中母音的變化**

原形動詞	主詞	否定命令式
SERVIR 服務	Tú Usted Nosotros Vosotros Ustedes	No sirvas. No sirva. No sirvamos. No sirváis. No sirvan.
PEDIR 要求	Tú Usted Nosotros Vosotros Ustedes	No pidas. No pida. No pidamos. No pidáis. No pidan.
REPETIR 重複	Tú Usted Nosotros Vosotros Ustedes	No repitas. No repita. No repitamos. No repitáis. No repitan.

2. 否定命令式動詞「完全不規則變化」

否定命令式動詞也有「完全不規則變化」的類型，亦即動詞變化沒有規則可循。不過，其中有一類變化是從現在式第一人稱單數「我」（yo）之動詞詞尾變化 -go 轉變成 -ga 而來的。

Verbos	主詞	否定命令式
HACER 做	Tú usted Nosotros Vosotros Ustedes	No hagas. No haga. No hagamos. No hagáis. No hagan.
IR 去	Tú usted Nosotros Vosotros Ustedes	No vayas. No vaya. No vayamos. No vayáis. No vayan.

3. 否定命令式「反身動詞」變化

否定命令式反身動詞的變化，也是先依照反身動詞「現在式虛擬式」
（presente de subjuntivo）的六個人稱去做詞尾和反身代名詞 SE 的變
化，記得前面要加上否定字 NO。

主詞	LEVANTARSE 起床
Tú	No te levantes.
Usted	No se levante.
Nosotros	No nos levantemos.
Vosotros	No os levantéis.
Ustedes	No se levanten.

最後，我們再舉一個完全不規則變化的反身動詞 IRSE 做否定命令式的
範例：

主詞	IRSE 離開
Tú	No te vayas.
Usted	No se vaya.
Nosotros	No nos vayamos.
Vosotros	No os vayáis.
Ustedes	No se vayan.

● 命令式的使用時機

命令式的對象是第二人稱單複數與第一人稱複數：Tú、Usted、Nosotros、Vosotros、Ustedes，下達命令的方式都是使用本章所介紹的命令式動詞變化，向聽話者面對面直接說出來。此一文體西班牙語語法上稱為「直接表達法」（estilo directo）。

句法上還有一種是「間接表達法」（estilo indirecto），使用虛擬式的動詞變化：「現在虛擬式」（presente de sujuntivo）、「未完成虛擬式」（imperfecto de subjuntivo）。

範例 ▶ Tú me has dicho que vaya a la fiesta.
你已跟我說要我去舞會。

▶ Tú me dijiste que viniera.
你跟我說過要我來。

最後，我們列出同樣可以表達命令的語氣，但是使用不同時態的動詞變化。

1.「Que + 動詞（現在虛擬式presente de sujuntivo）」的句子結構

語法上命令、祈求的對象如果不是第二人稱，使用以下句子結構「Que + 動詞（現在虛擬式presente de sujuntivo）」。

範例 ▶ ¡Que se vaya!
叫他走吧！

▶ ¡Que me dejen en paz!
讓我靜靜！

2. 現在簡單式

(範例) ▶ Tú te vas de aquí ahora mismo, si no quieres que llame a la policía.
你馬上離開這兒，如果不想我叫警察來。

3. 未來式

(範例) ▶ No saldrás de casa hasta que yo lo diga.
直到我說好你才可以離開家。

4.「Estar + gerundio」現在進行式的句子結構

(範例) ▶ Ya lo estáis limpiando, y sin rechistar.
就打掃清潔吧，別吭聲。

5.「A + infinitivo」的句子結構

(範例) ▶ ¡A trabajar!
開始工作！

6. 疑問句

(範例) ▶ ¿Por qué no te callas?
你為什麼不閉嘴？

■ 練習題

I. 依人稱填入肯定命令式

1. Tú (tomar) un café cortado _____

2. Tú (tomar) una cerveza _____

3. Ud. (tomar) un vaso de agua _____

4. Uds. (tomar) un té _____

5. Vosotros (tomar) un helado _____

6. Tú (tomar) un bocadillo _____

7. Vosotros (tomar) leche. _____

8. Uds. (tomar) un zumo de naranja _____

9. Chicos, _____ (estudiar, vosotros) español todos los días.

10. Por favor, _____ (hablar, tú) más alto.

11. Por favor, _____ (hablar, vosotros) más alto.

12. Por favor, _____ (hablar, usted) más alto.

13. Por favor, _____ (poner, tú) el libro ahí.

14. Por favor, _____ (poner, usted) el libro ahí.

15. Por favor, _____ (poner, vosotros) los libros ahí.

16. _____ (comer, usted) más.

17. _____ (comer, tú) más.

18. Por favor, _____ (abrir, tú) la puerta.

19. Por favor, _____ (abrir, usted) la puerta.

20. Por favor, _____ (abrir, vosotros) la puerta.

21. Por favor, _____ (escuchar, tú) con atención.

22. Por favor, _____ (escuchar, ustedes) con atención.

23. Por favor, _____ (escuchar, vosotros) con atención.

24. Por favor, _____ (venir, tú) aquí.

25. Por favor, _____ (venir, usted) aquí.

26. Por favor, _____ (venir, vosotros) aquí.

27. Por favor, _____ (salir, tú) inmediatamente.

28. Por favor, _____ (salir, usted) inmediatamente.

29. Por favor, _____ (salir, vosotros) inmediatamente.

30. Juan, _____ (hacer, tú) los deberes.

31. Juana, _____ (hacer, usted) la limpieza.

32. Niño, _____ (decir, tú) la verdad.

33. Por favor, _____ (decir, usted) la verdad.

34. Por favor, _____ (tener, usted) cuidado.

35. Por favor, _____ (tener, tú) cuidado.

36. _____ (comer, ustedes) este pastel.

37. _____ (hacer, vosotros) otra vez el examen.

38. _____ (lavarse, vosotros) las manos antes de comer.

39. _____ (apagar, ustedes) sus cigarrillos.

40. Oyen, chicos, _____ (poner, vosotros) la mesa para cenar.

41. _____ (dar, tú) los lápices a mí.

42. _____ (Escuchar, vosotros) con atención cuando os hablan.

43. _____ (Salir, usted) un momento, por favor.

44. _____ (Salir, tú) un momento, por favor.

45. _____ (Decir, usted) lo que oiga.

46. _____ (Decir, tú) lo que oigas.

47. _____ (Sentarse, vosotros), por favor.

48. _____ (Sentarse, tú), por favor.

49. _____ (Sentarse, usted), por favor.

50. _____ (Sentarse, ustedes), por favor.

II. 依人稱填入否定命令式

1. Tú no _____ (tomar) un café cortado.

2. Tú no _____ (tomar) una cerveza.

3. Ud. no _____ (tomar) un vaso de agua.

4. Uds. no _____ (tomar) un té.

5. Vosotros no _____ (tomar) un helado

6. Tú no _____ (tomar) un bocadillo.

7. Vosotros no _____ (tomar) leche.

8. Uds. no _____ (tomar) un zumo de naranja.

9. Chicos, no _____ (jugar, vosotros) al baloncesto todos los días.

10. Por favor, no _____ (hablar, tú) en voz alta. Estamos en la biblioteca.

11. Por favor, no _____ (hablar, vosotros) en voz alta. Estamos en la biblioteca.

12. Por favor, no _____ (hablar, usted) en voz alta. Estamos en la biblioteca.

13. Por favor, no _____ (poner, tú) el libro ahí.

14. Por favor, no _____ (poner, usted) el libro ahí.

15. Por favor, no _____ (poner, vosotros) los libros ahí.

16. No _____ (comer, usted) más.

17. No _____ (comer, tú) más.

18. Por favor, no _____ (abrir, tú) la puerta.

19. Por favor, no _____ (abrir, usted) la puerta.

20. Por favor, no _____ (abrir, vosotros) la puerta.

21. Por favor, no _____ (escuchar, tú) con atención.

22. Por favor, no _____ (escuchar, ustedes) con atención.

23. Por favor, no _____ (escuchar, vosotros) con atención.

24. Por favor, no _____ (venir, tú) aquí.

25. Por favor, no _____ (venir, usted) aquí.

26. Por favor, no _____ (venir, vosotros) aquí.

27. Por favor, no _____ (salir, tú) inmediatamente.

28. Por favor, no _____ (salir, usted) inmediatamente.

29. Por favor, no _____ (salir, vosotros) inmediatamente.

30. Juan, no_____ (hacer, tú) los deberes.

31. Juana, no _____ (hacer, usted) la limpieza.

32. Niño, no _____ (decir, tú) la verdad.

33. Por favor, no _____ (decir, usted) la verdad.

34. Por favor, no _____ (tener, usted) cuidado.

35. Por favor, no _____ (tener, tú) cuidado.

36. No _____ (comer, ustedes) este pastel.

37. No _____ (hacer, vosotros) otra vez el examen.

38. No _____ (lavarse, vosotros) las manos antes de comer.

39. No _____ (apagar, ustedes) sus cigarrillos.

40. Oyen, chicos, no _____ (poner, vosotros) la mesa para cenar.

41. No _____ (dar, tú) los lápices a mí.

42. No _____ (escuchar, vosotros) con atención cuando os hablan.

43. No _____ (salir, usted) ahora, por favor.

44. No _____ (salir, tú) ahora, por favor.

45. No _____ (decir, usted) lo que oiga.

46. No _____ (decir, tú) lo que oigas.

47. No _____ (sentarse, vosotros), por favor.

48. No _____ (sentarse, tú), por favor.

49. No _____ (sentarse, usted), por favor.

50. No _____ (sentarse, ustedes), por favor.

8 形容詞 (Adjetivo)

> 西班牙語「形容詞」的功用主要是用來描述所修飾名詞的性質，形式上必須與該名詞的單複數與陰陽性同形。

■ **本章重點**
● 形容詞
● 形容詞的位置
● 陰陽性與單複數
● 詞尾省略
● 搭配SER & ESTAR
● 表語
● 補語
● 名詞化
● 比較級

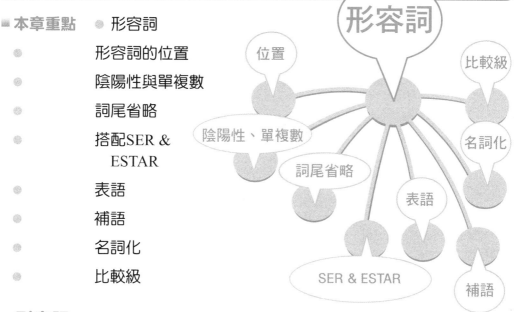

● 形容詞

　　西班牙語「形容詞」的功用主要是用來描述所修飾名詞的性質，且形式上必須與該名詞之單複數與陰陽性同形。句法上，形容詞若是緊接在動詞（verbos copulativos）之後，像是SER或ESTAR，則形成語法上所稱的「表語」（atributo）。本篇我們就形容詞的語法功用與其句法上的位置，介紹西班牙語的形容詞。

● 形容詞的位置

　　西班牙語的形容詞與第二章「名詞」一樣，構詞上有單數、複數與陽性、陰性之分。下面我們再把西班牙語的「名詞詞組」（sintagma nominal）句法架構列出如下：

第八章

形容詞 → 形容詞的位置

中文的形容詞皆位於名詞的前面，也就是位在左邊來修飾後面的名詞。西班牙語的形容詞則可以出現在名詞的前面，也可以出現在後面來修飾該名詞。所不同的是：前者「形容詞＋名詞」的詞序表示名詞本身固有的性質，而後者「名詞＋形容詞」是描述該名詞代表的人或事物的狀態，不過狀態會改變。由此可知，西班牙語形容詞藉由句法上不同的位置表現出上述兩種特質。請看下面三組西班牙語形容詞的比較：

Pobre chico 可憐的男孩	Chico pobre 貧窮的男孩（窮小子）
Blanca nieve 雪白	Nieve blanca 白色的雪
Gran madre 偉大的媽媽	Madre grande （外型）很大的媽媽

我們以「雪白」和「白色的雪」舉例來說明。「雪白」代表雪本身的顏色潔白，「白色的雪」表示雪的顏色現在看起來是白色的，但是會改變，也許待會兒夕陽西下，白色的雪就被染成金黃色了。

下面我們再舉出更多的範例，請讀者觀察其意義上的不同：

Una cierta cosa 某一件事	Una cosa cierta 一件真實的事
Una buena persona 一個好心的人	Una persona buena 一個好人
Un viejo amigo 一位老朋友	Un amigo viejo 一位年長的朋友
Una extraña persona 一個奇怪的人	Una persona extraña 一個陌生人
Una nueva casa 一間剛搬進去住的房子	Una casa nueva 一間新蓋的房子

● 陰陽性與單複數

　　西班牙語的形容詞與它修飾的「名詞」在單複數與陰陽性上必須保持一致。下面我們從構詞學（morfología）的角度介紹形容詞的陰陽性（género）與單複數（número）的變化。

1. 形容詞的陰陽性

以母音o或e結尾，將母音改為a	pequeño → pequeña regordete → regordeta grandote → grandota	小的 胖的 大的
以子音結尾，在子音後加上-a	español → española trabajador → trabajadora francés → francesa alemán → alemana andaluz → andaluza burlón → burlona parlanchín → parlanchina	西班牙的 勤勞的 法國的 德國的 安達魯西亞的 嘲弄的 饒舌的
以母音結尾，陰陽性同形之形容詞	{ pueblo / población } indígena { chico /chica } agradable { chico /chica } sonriente { chico /chica } insolente { chico /chica } amable { asunto / acción } marroquí { asunto / acción } estadounidense { pueblo / lengua } hindú	原住民的 愉快的 微笑的 無禮的 和藹的 摩洛哥的 美國的 印度的
以子音結尾，陰陽性同形之形容詞	{ plan / casa } ideal { mes / luz } lunar { prado / tierra } feraz { libro / herramienta} útil { chico /chica } feliz { coche / casa } mejor { barco / ave } veloz	理想的 月亮的 肥沃的 有用的 幸福的 較好的 飛快的

2. 形容詞的單複數

以母音結尾，且非重音節，在母音後加上-s	un chico agradable / unos chicos agradables un coche bonito / unos coches bonitos	愉快的 漂亮的
以母音或子音結尾，且位在重音節，在其後加上-es	cuestión baladí / cuestiones baladíes templo indú / templos indúes caballo veloz / caballos veloces	微不足道的 印度的 飛快的

如果形容詞同時修飾好幾個名詞，這些名詞有單數、複數，也有陽性、陰性，這個情況下，形容詞要用陽性、複數。

範例 ▶ Hombres, mujeres, chicos y chicas se visten guapos para ir a la fiesta.
男人、女人、男孩、女孩，都穿得很漂亮去舞會。

● 詞尾省略

有些形容詞若出現在陽性、單數名詞前面時，要省去最後一個音節 -o。

bueno	buen chico	好男孩
malo	mal sabor	味道壞的
grande	gran éxito	偉大成就
santo	Santo Domingo	聖多明歌
primero	primer piso	第一層樓
tercero	tercer curso	第三層樓

● 搭配SER & ESTAR

西班牙語同樣的形容詞搭配動詞SER或ESTAR也會表達不同的意義。

形容詞	SER + Adj.	ESTAR + Adj.
listo	聰明的	準備好的
negro	膚色黑的、黑人的	生氣的、曬黑的
verde	綠的	年輕沒經驗的
atento	親切的	注意的
bueno	心地好的、有用的	健康的、味道好的
malo	心地壞的	生病的，味道壞的
fresco	涼的、最近的	冷凍的、受涼的
vivo	有活力的、醒的	活的
alegre	親切的、有趣的	高興的、微醉的
despierto	醒的、警覺的	沒睡著的
parado	平淡的、無聊的	不動的、沒工作的
perdido	沒用的（指人）	迷失的
comprometido	危險的	擔負起的
católico	信仰天主教的	身體微恙的
limpio	洗過澡的、乾淨的	身無分文的、無前科的
delicado	柔軟的、精緻的	瘦弱的

● 表語

形容詞作「表語」（atributo）時，與「名詞」一樣，構詞上有單複數與陰陽性之分，但仍須視動詞來決定究竟是與主詞還是與補語保持一致。

說明 ❶ 若與動詞ser、estar、parecer、venir、querdar等連用，就必須和主詞的單複數與陽陰性保持一致。例如：

▶ Parece tonto, al contrario él es muy inteligente.

他似乎很笨，相反地，他很聰明。

▶ Estos zapatos me vienen un poco grandes.

這雙鞋我穿來有點大。

❷ 若與動詞creer、considerar、encontrar、tomar等連用，就必須和補語的單複數與陽陰性保持一致。例如：

▶ Yo te creo sincero.

我覺得你很誠懇。

▶ A María la toman por tonta.

他們把瑪麗亞當作笨蛋。

● 補語

形容詞後面可接「介系詞+名詞（詞組）」，西班牙文稱為「形容詞的補語」。補語的功用在修飾、補充說明形容詞的性質與狀況。

範例 ▶ Estoy seguro de tu amistad.

　　　形容詞 介系詞 + 名詞（詞組）做形容詞的補語

我對你的友誼堅定不移。

▶ María era guapa de cara.

　　　形容詞 介系詞 + 名詞

瑪麗亞的臉很漂亮。

● 名詞化

「形容詞名詞化」指的是句法上形容詞擔任如同名詞一樣的功用。因此，形容詞前亦可接冠詞，表示之前提到過的人、事、物。

範例 ▶ Dame los (lápices) verdes.

給我綠色的（鉛筆）。

▶ Dame la (camisa) blanca.

給我白色的（襯衫）。

　　說話者與聽話者先前談話中提到過的人、事、物，句法上為避免形容詞所修飾的名詞重複使用，因此形容詞前面直接帶上冠詞，即可清楚表達不同的性質。以第二句範例為例，店員展示很多件襯衫後，最後我決定買白色那件：la blanca。

　　如果是用中性代名詞 lo 後面接性質形容詞，例如：lo nuevo（新的），句法上並未特別指涉某個名詞，只是單純地表示「新的」這一個概念。

 ▶ Lo nuevo normalmente es mejor que lo antiguo.
　　新的通常比舊的好。

● 比較級

S + ser + {más / menos} + adjetivo + de lo que + V

- -

▶ Ella es más lista de lo que piensas.
　她比你想像中聰明。

▶ Es menos peligroso de lo que parece.
　似乎沒那麼危險。

S + ser {mejor / peor} + de lo que + V

- -

▶ Es mejor de lo que pensaba.
　比想像中好。

Lo + {más / menos} + adjetivo + de ..... + ser + V

- -

▶ Lo más interesante de este trabajo es viajar.
　這工作最有趣的地方是旅行。

S1 + es igual de + adjetivo + que + S2

- -

▶ Él es igual de alto que yo.
　他和我一樣高。

▶ Él es tan alto como yo.
　他和我一樣高。

S1 + ser + tan + adjetivo como + S2

▶ Él es tan alto como tú.
他和你一樣高。

S + ser + {el / la} + más / menos + Adjetivo + de + SN

▶ María es la más aplicada de la clase.
瑪麗亞是班上最用功的。

▶ María es la menos aplicada de la clase.
瑪麗亞是班上最不用功的。

■ 練習題

Ⅰ.請填入正確的比較級

1. La vida aquí se parece bastante _____ la de tu ciudad.

2. La vida aquí es _____ a la de tu ciudad.

3. María es más inteligente _____ Ana.

4. María es _____ inteligente que Ana.

5. María tiene _____ libros que Ana.

6. Juan corre _____ rápido como tú.

7. Noemí es tan guapa _____ Helena.

8. Juan tiene _____ libros como tú.

9. Gasta más dinero _____ que gana.

10. Trabaja menos horas _____ que trabajaba antes.

11. Trabaja menos _____ dice.

12. Es _____ de lo que pensaba.

13. Lo _____ interesante de este trabajo es viajar.

14. Es _____ de alto que yo.

15. Es _____ alto como yo.

16. Viajo _____ como antes.

17. Viajo lo _____ que tú.

18. Trabajo igual _____ antes.

19. Cuanto más trabajo, _____ dinero gano.

20. Cuanto más trabajo, _____ descanso.

Ⅱ.將下列句中單數形容詞改為複數

1. Este coche es negro. / Estos coches son _____.

2. Esta casa es bonita. / Estas casas son _____.

3. Ese libro es bueno. / Esos libros son _____.

4. Esa silla es barata. / Esas sillas son _____.

5. Aquel restaurante es estupendo. / Aquellos restaurantes son _____.

6. Aquella chica está alegre. / Aquellas chicas están _____.

7. Mi amigo es alto. / Mis amigas son _____.

8. Nuestra amiga es guapa. /Nuestras amigas son _____.

筆記頁

副詞 (Advervio)

西班牙語的副詞，其特徵是沒有詞尾變化，因此也就沒有像名詞、形容詞等有陰陽性、單複數一致的問題。

■ 本章重點
- 副詞
- 副詞的分類(一)
- 副詞的分類(二)
- 比較級

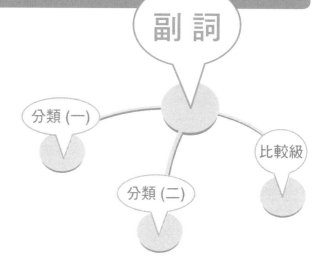

● 副詞

　　西班牙語的副詞，就形態學（morfología）而言，其特徵是沒有詞尾變化（inflexión），因此句法上也就沒有像名詞、形容詞等有陰陽性、單複數一致的問題。簡單地說，句法上，副詞的功用是修飾其它的詞類、詞組（sintagma）（例如：動詞詞組、形容詞詞組、副詞詞組、名詞詞組）或是整個句子（oración），它在句中的位置有時是很有彈性的。若是修飾另一個副詞，那麼它就是該副詞詞組的核心（núcleo）。若是修飾名詞，則副詞前面會帶上一個介系詞。

 ▶ Voy a dar clases de chino sólo los sábados.
　　只有星期六我才去教中文的課。

▶ Afortunadamente, nos ha tocado la lotería.
　　很幸運地我們中獎了。

▶ Tengo que presentar el proyecto mañana.
　　= Mañana tengo que presentar el proyecto.

= Tengo que presentar mañana el proyecto.
明天我必須交計畫。

在口語中，副詞還有「指小」概念的詞尾變化，亦即：-ito、-ita。

bajo	bajito / bajita	較矮地
luego	lueguito	等一下下
junto	juntito / juntita	一起
temprano	tempranito	早早地
ahora	ahorita	現在

● 副詞的分類(一)

依照Ofelia Kovacci（1999:746-753）的分類，按副詞本身的意義可以分成下面幾種類型。不過我們有做一些修改，同時舉出範例，以方便讀者認識了解。

1. 按字義

◆ 表性質的（Calificativos）

(1)副詞本身（Adverbios propios）：
　　bien（好地）、mal（壞地）、peor（較差地）等等。

範例 ▶ Hablas muy bien español.
　　　　你西班牙語說得很好。

(2)以 -mente 結尾的副詞：
　　claramente（清楚地）、rápidamente（快地）、cómodamente（舒適地）等等。

範例 ▶ Él lo ha hecho rápidamente.
他快速地做完。

(3)形容詞性副詞（Adverbios adjetivales）：
duro（艱苦地）、directo（直接地）、alto（高地）、bajo（矮地）、claro（清楚地）等等。

範例 ▶ Habla alto.
大聲說。

◆ **副詞前後可接介系詞**

(1)地方副詞（Adverbios de lugar）：
cerca（靠近地）、lejos（遠地）、arriba（上面）、adentro（裡面）等等。

範例 ▶ Vivo cerca de aquí.
我住靠近這裡。

▶ Dame el libro de arriba.
給我上面的那本書。

(2)時間副詞（Adverbios de tiempo）：
antes（之前）、después（之後）、luego（之後）等等。例如：

範例 ▶ Lo vi de lejos.
我遠遠看見。

◆ **時間副詞（不帶任何介系詞）（Temporales intransitivos）**

temprano（早）、tarde（晚）、pronto（快）等等。

範例 ▶ No llegues tarde, por favor.
請不要遲到。

◆ **情態副詞**（Adverbios de modalidad）

(1)表說話者的態度、憶測（Indicadores de actitud）：

seguramente（大概）、probablemente（可能）、quizá（可能）、acaso（難到）、posiblemente（可能）、tal vez（可能）、difícilmente（困難地）等等。

範例 ▶ Seguramente va a llover.
　　　可能要下雨了。

(2)表評論、肯定的語氣（Restrictivos del valor de la aserción）：

aparentemente（顯然地）、supuestamente（當然地）、prácticamente（實在地）、sin duda（毫無疑問地）、en realidad（事實上）、indudablmente（毫無疑問地）、indiscutiblemente（無可爭辯地）、obviamente（明顯地）、verdaderamente（真地）、evidentemente（顯而易見地）、ciertamente（真地）等等。

範例 ▶ Aparentemente no lo sabe.
　　　他顯然不知道。

2. 代詞性副詞

◆ **指示副詞**（Deícticos）

表所言即所見、所指。

(1)表空間（Espaciales）：

aquí（這裡）、ahí（那裡）、acá（這裡）、allá（那裡）等等。

範例 ▶ Estudiamos aquí.
　　　我們在這裡念書。

(2)表時間（Adverbios temporales）：

ahora（現在）、entonces（那時）、hoy（今天）、ayer（昨天）、anteayer（前天）、mañana（明天）、anoche（昨晚）等等。

範例 ▶ Ahora está lloviendo.
現在正在下雨。

(3)表方式（Adverbios de modo）：
　　así（這樣地）、cordialmente（熱心地）、suavemente（柔和地）、cuidadosamente（小心地）等等。

範例 ▶ Lo han hecho cuidadosamente.
他們小心地做這事。

◆ 表示數量概念

(1)表數量副詞（Adverbios cuantitativos）：
　　poco（少）、mucho（多）、bastante（相當地）、muy（很）、demasiado（太）、casi（幾乎）等等。

範例 ▶ Él come mucho.
他吃很多。

(2)表時間頻率（Adverbios cuantitativos temporales）：
　　siempre（總是）、nunca（從未）、jamás（從未）等等。

範例 ▶ Él siempre ayuda a todo el mundo.
他總是幫大家的忙。

(3) 表動貌時間之概念副詞（Adverbios aspectuales）：
　　todavía（仍然）、aún（仍然）、ya（已經）等等。

範例 ▶ Ellos no han llegado todavía.
他們還沒有到。

◆ 副詞性數詞（Adverbios numerales）

primero（第一）、segundo（第二）、medio（半）等等。

範例 ▶ Él está medio loco.
他有點瘋。

◆ **表辨識概念**

(1)表強調副詞（Adverbios identificativo）：
mismo（就是）。

範例 ▶ Aquí mismo te espero.
我就在這兒等你。

(2)表兩極化觀念副詞（Adverbios identificativos polares）：
sí（是）、no（不）、también（也）、tampoco（也不）等等。

範例 ▶ María: No voy al cine.
我不去看電影。

▶ Juan: Yo tampoco.
我也不去。

◆ **關係副詞**

(1)連接詞（Relativos）：
donde（在哪）、cuando（在何時）等等。

範例 ▶ Esta es la universidad donde estudio ahora.
這就是我目前唸的大學。

(2)疑問、感嘆副詞（Interrogativos o exclamativos）：
qué（什麼）、cómo（如何）、dónde（在哪）、cuándo（何時）、porqué（為什麼）等等。

範例 ▶ ¿Qué es esto?
這是什麼？

副詞的分類(二)

第九章

副詞
↓
副詞的分類(二)

我們也可以從言語交談的角度去做副詞的另一種分類。

◆ 修飾整句的副詞（Adverbios oracionales）

修飾整個句子的副詞，可出現在句首或句尾。

 ▷ Antes de las ocho no voy a salir.
八點以前我不會離開。

▷ Afuera no voy a trabajar.
我不會去外面工作。

▷ {Posiblemente / Seguramente / Quizá} no está en la casa.
{可能／或許／或許}不在家。

▷ {Aparentemente / Supuestamente} él no ha dicho la verdad.
{顯然地／當然地}他沒說實話。

▷ Indudablemente él no es capaz de hacerlo solo.
毫無疑問地，他無法一個人做這件事。

▷ {Todavía / Aún} no ha venido María.
瑪麗亞{仍然／仍然}沒來。

▷ Ya no quiero más café.
我不需要再多咖啡了。

◆ 表達見解的副詞（Adverbios de punto de vista）

藉由表達見解的副詞提出個人對事件的看法。這類副詞在句中的位置是很有彈性的。

 ▷ Políticamente, su discurso no me ha parecido adecuado.
= Su discurso, políticamente, no me ha parecido adecuado.
= Su discurso no me ha parecido, políticamente, adecuado.
= Su discurso no me ha parecido adecuado, políticamente.
從政治的角度來看，他的演講我不認為適當。

◆ **表達評價的副詞**(Adverbios evaluativos)

藉由表達評論、評價的副詞提出個人對事件的看法。這類副詞依照
O. Kovacci(1999:746-753)可在細分下面幾種類型:

(1)情感副詞(Adverbios emotivos):
afortunadamente(幸運地)、lamentablemente(遺憾地)、 absur-
damente(荒謬地)、curiosamente(奇怪地)、felizmente(幸福
地)、irónicamente(諷刺地)、desgraciadamente(不幸地)、sor-
prendentemente(驚訝地)、increíblemente(難以置信地)等等。

範例 ▶ Lamentablemente, sus alumnos no quieren escucharlo.
很遺憾地,他的學生不想聽。

(2)感觀認識副詞(Adverbios de conocimiento y percepción):
visiblemente(可見地)、perceptiblemente(感覺到地)等等。

範例 ▶ Yo, visiblemente, no le caigo bien.
從見面的感覺,他對我印象不好。

(3)認知副詞(Adverbios epistémicos):
correctamente(正確地)、incorrectamente(正確地)、equivocada-
mente(錯誤地)、exageradamente(誇張地)等等。

範例 ▶ Lo ha dicho exageradamente.
他說得誇張。

(4)表需要與義務(Adverbios de necesidad y obligación):
forzosamente(必然地)、fatalmente(致命地)、necesariamente
(必須地)、inevitablemente(不可避免地)、irremediablemente
(必然地)等等。

範例 ▶ Tienes que venir forzosamente.
你一定得來。

(5)表受評者之行為評論（Advs. evaluativos de la actuación del sujeto）：
inteligentemente（聰明地）、tontamente（愚蠢地）、sagazmente（精明地）、cautelosamente（小心地）、sabiamente（英明地）、razonablemente（合理地）等等。

範例 ▶ Cree que lo ha hecho inteligentemente.
他認為這樣做很聰明。

(6)表意願（Adverbios de voluntad）：
voluntariamente（志願地）、deliberadamente（故意地）、intencionalmente（有意地）等等。

範例 ▶ Le has hecho daño deliberadamente.
你是故意傷害他。

◆ **表言談焦點且帶有強調意味的副詞**（Adverbios focalizadores）

這類副詞從語法（semántica）的角度來看，表示新的訊息，同時是言語交談的焦點。若從句法的角度來看，說話者想要強調的部分可以是句子裡的主詞、動詞或受詞等等。這類副詞有 solamente（僅僅）、sólo（只）、incluso（甚至）、únicamente（唯一地）、exclusivamente（專門地）、particularmente（特別地）、especialmente（特別地）、exactamente（精確地）、justamente（確切地）、precisamente（正好地）等等。

範例 ▶ Incluso su madre no se lo cree.
甚至他的母親都不相信。

▶ Él perdió su coche y no está precisamente para fiestas.
他車子丟了，沒心情去舞會。

◆ **頻率習慣副詞**（Adverbios frecuentativos o iterativos）

頻率習慣副詞有habitualmente（習慣地）、normalmente（通常）、frecuentemente（經常）、ocasionalmente（偶而）等等。從語意（semántica）的角度來看，表達動作發生的頻率或習慣。

 ▶ Él no falta a la clase habitualmente, pero sí frecuentemente.
他不是習慣性缺課，但是常常（沒上課）。

◆ **言語行為副詞**（Adverbios ilocutivos o performativos）

這類副詞有francamente（坦白地）、sinceramente（誠懇地）、honesta-mente（誠實地）等等。主要是說話者用來對受評者表達主觀之言語行為副詞。從句法的角度來看，並不修飾句子裡任何成分，只是單純地表達看法。

 ▶ Francamente, no puedo soportarlo.
坦白地說，我不能忍受。

● 比較級

S1 + V + {más / menos} + Adverbio + que + S2

▶ Él camina más despacio que tú.
他走得比你慢。

S + V + {más / menos} + Adverbio + de + lo + Participio

▶ El avión llegó más tarde de lo previsto.
飛機比預期晚到許多。

S + V + {más / menos} + Adverbio + de lo que + V

▶ Este coche corre más rápido de lo que piensas.
這車比你想像中跑得快。

S + V {mejor / peor} + de lo que + V

▶ El sabor de este café huele mejor de lo que pensaba.
這咖啡味道聞起來比想像中好。

S1 + V + {tanto como / lo mismo que / igual que} + S2

▶ Viajo tanto como antes.
我跟以往一樣那麼常旅行。

▶ Viajo lo mismo que antes.
我如同往常旅行。

▶ Trabajo igual que antes.
我如同往常旅行。

S1 + V + tan + adverbio como + S2

▶ Él corre tan rápido como tú.
他跑得和你一樣快。

■ 練習題

I. 請參考下面列出之副詞，選擇一合適者填入練習題空格裡。

quizá	seguramente	antes de las ocho
ahora	posiblemente	aún
aquí	afuera	tarde
aparentemente	supuestamente	precisamente
evidentemente	todavía	ya
políticamente	prudentemente	lamentablemente
desgraciadamente	deliberadamente	sólo
correctamente	incluso	sobre todo
equivocadamente	particularmente	indudablemente

1. _____ no voy a salir.

2. _____, no llegaremos.

3. Juan no firmó el contrato _____.

4. _____ no está en casa.

5. _____ no ha dicho la verdad.

6. _____ no es capaz de hacerlo solo.

7. _____ no ha venido.

8. _____ no quiero más café.

9. La propuesta de avenencia no interesó _____ a los países europeos.

10. _____ Juan no se lo cree.

11. No voy a trabajar _____.

12. No ha venido _____.

13. No quiero más café _____.

14. No está en casa _____.

15. No ha dicho la verdad _____.

16. No es capaz de hacerlo solo _____.

17. _____, su discurso no me ha parecido adecuado.

18. Su discurso, _____, no me ha parecido adecuado.

19. _____, sus alumnos no quieren escucharlo.

20. _____ la propuesta de avenencia no interesó a los países europeos.

21. El niño no rompió el vaso, _____.

22. María no respondió _____.

23. _____, el comité no está a favor de la reforma.

24. Javier perdió su coche Volvo y no está _____ para fiestas.

25. _____ Juan ha podido pegar ojo anoche.

筆記頁

介系詞 (Preposición)

西班牙語的介系詞沒有陰陽性、單複數的分別。其功用主要是用來指明後面的受詞和前面的名詞或動詞的關係。通常出現在受詞前面，又稱為「前置詞」。

■ **本章重點**
- 介系詞
- 介系詞連接的項目
- 介系詞DE
- 介系詞CON
- 介系詞A
- 介系詞EN
- 介系詞POR
- 比較POR和PARA
- 介系詞PARA

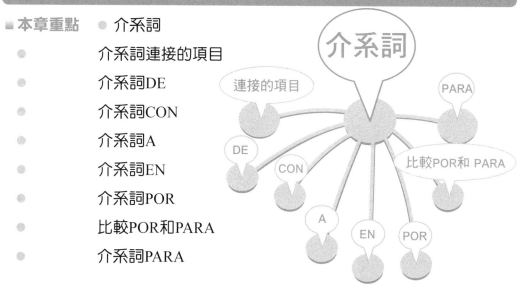

介系詞

　　西班牙語的介系詞（preposición）跟副詞一樣，並沒有陽性、陰性、單數、複數的分別。其功用主要是用來指明後面的受詞和前面的名詞或動詞之關係。通常出現在受詞的前面，所以又稱之為「前置詞」。以下我們列出西班牙語的介系詞：

a	到	ante	面前	bajo	在～下面
con	與，和	contra	反對	de	的
desde	從	en	在	entre	之間
hacia	朝向	hasta	直到	para	為了
por	藉由	según	按照	sin	沒有

sobre	有關	tras	在～之後	mediante	經由
durante	期間	excepto	除了	salvo	除了
acerca de	關於	además de	除此	alrededor de	在～附近
antes de	在～之前	cerca / lejos de	近／遠	debajo de	在～下面
delante de	在～前面	dentro de	在～裡面	después de	在～之後
detrás de	在～後面	encima de	在～上面	enfrente de	在～對面
frente a	面對	fuera de	在～外面	junto a	連同

● 介系詞連接的項目

1. 句法上介系詞前面可接的項目

◆ 名詞（Sustantivo）

 ▶ cesta de la compra
購物籃

▶ caja de pinturas
繪畫顏料盒

◆ 副詞（Adverbio）

 ▶ delante de la ventana
窗戶前面

▶ encima del tapete
桌布上面

◆ 形容詞（Adjetivo）

 ▶ duro de pelar
難辦到的

▶ suave al tacto
　　柔軟的觸感

◆ 過去分詞（Participio）

範例 ▶ cansado de vivir
　　　　活得很累

▶ aburrido de leer
　　唸得無趣

◆ 與感嘆詞連用（Interjección）

範例 ▶ ¡Ay de los débiles!
　　　　唉，這些虛弱的！

◆ 基於下列因素與動詞連用

(1)語意（Semántica）：
　　動詞本身的意義需要與一相關意涵的介系詞連用。例如：動詞
　　estar 常與介系詞 en、de、a 連用。

範例 ▶ Estoy en el colegio, si me llaman.
　　　　如果他們打電話給我，我在學校。

(2)語法（Gramática）：
　　語法上，有些動詞與介系詞總是一起出現使用。例如：動詞
　　empeñarse + 介系詞 en。

範例 ▶ No te empeñes en convencerlo, pierdes el tiempo.
　　　　你別堅持要說服他，你是在浪費時間。

2. 句法上介系詞後面可接的項目

◆ **名詞**（Sustantivo）

> 範例 ▶ Su coche está en la calle.
> 您的車在街上。

◆ **不定詞**（Infinitivo）

> 範例 ▶ Llevo una semana sin salir.
> 我一個星期沒出門了。

◆ **形容詞**（Adjetivo）

> 範例 ▶ Lo han tomado por tonto.
> 他們把他當作笨蛋。

◆ **過去分詞**（Participio）

> 範例 ▶ Se fue de allí de aburrido (= porque estaba aburrido).
> 因為感覺無聊，他就離開那裡。

◆ **稱呼、命名**（Denominativo）

> 範例 ▶ En aquella película él hacía el papel de bueno.
> 在那部影片裡，他飾演好人的角色。

◆ **Que引導副詞子句**

> 範例 ▶ Lo he hecho antes de que tú llegaras.
> 在你到達前我已做好了。

● 介系詞DE

◆ 表示「屬於、所有格」（Posesión、pertenencia）

範例 ▶ La capital de España es Madrid.
西班牙首都是馬德里。

▶ Esta casa tan bonita es de José Luis.
這間這麼漂亮的房子是荷西路易斯的。

◆ 表示「材料」（Materia）

範例 ▶ Este vaso es de cristal.
這個杯子是玻璃做的。

▶ Los muebles de madera son clásicos.
木製的家具很古典。

◆ 表示「源自、國籍」（Origen、Nacionalidad）

範例 ▶ Soy de España.
我來自西班牙。

◆ 緊接在下列動詞後面表示「原因」

alegrar(se)	快樂	extrañar(se)	奇怪		
aprovecharse	利用	fatigar(se)	疲憊		
admirar(se)	讚美	hartar(se)	使討厭		
asombrar(se)	驚奇	inculpar	指控		
avergonzarse	慚愧	lamentarse	遺憾		
arrepentirse	後悔	maravillar(se)	驚訝		
adveritr	提醒	protestar	抗議	+ de	
avisar	告知	preciarse	自誇		
abusar	妄用	presumir	猜測		
acusar	起訴	preocupar(se)	擔心		
cansar(se)	疲倦	quejarse	抱怨		
culpar	歸咎於	reírse	笑		
disculpar(se)	原諒	sorprender(se)	訝異		

上述動詞，有些若不帶上反身代名詞SE，就不與介系詞連用，同時變成及物動詞。

範例 ▶ Me sorprendí de su presencia.
我很驚訝他的出現。

▶ Sorprendí a María mintiendo.
我很驚訝瑪麗亞說謊。

● 介系詞 CON

◆ 與動詞連用表示「關連」、「一起」、「和」、「比較」的含意

acabar	結束	entrevistarse	會晤	
romper	打破	intimar	親近	
terminar	結束	relacionarse	結交	
aliarse	聯合	competir	競爭	
convivir	共處	conciliar	和解	
coincidir	巧合	casarse	結婚	
comparar(se)	比較	negociar	交易	+ con aglo或
congeniar	意氣相同	pactar	協議	+ con alguien
consultar	詢問	rivalizar	角逐	
confundir(se)	混合	conformarse	甘心於	
emparentar	聯姻	soñar	作夢	
encontrarse	相遇	atreverse	敢	
enemistarse	敵對	aguantar(se)	忍受	

◆ 動詞「戀愛」（enamorarse）與介系詞 de 連用

範例 ▶ Él se enamora de María.
他熱戀瑪麗亞。

◆ 與動詞連用表示「方式」、「工具」的含意

colaborar	合作	atar	綁	
ayudar	幫忙	bastar	足夠	
cubrir	覆蓋	quemarse	燒燬	+ con algo
escribir	寫	sobrevivir	生存	
tapar	蓋			

◆ 與動詞連用表示「原因」

aburrirse	無聊	molestar	煩擾	
entusiamarse	酷愛	sorprenderse	驚訝	
disfrutar	分享	reírse	笑	
enfermar	使得病	asustar(se)	害怕	+ con algo
cansarse	疲累	enfadarse	生氣	
preocuparse	擔憂	gozar	享有	

◆ 形容詞與介系詞 con 的使用與「動詞 + con」的意思一樣

amable	親切的	bueno	好的	{ + con algo 或
desgradable	不愉快的	malo	壞的	+ con alguien

antipático	不友善的	feliz	幸福的	
cruel	殘忍的	enfadado	生氣的	
áspero	粗糙的	furioso	氣憤的	+ con alguien
suave	光滑的	loco	瘋的	
generoso	慷慨的	encantado	愉快的	

consecuente	一貫的	compatible	相容的	{ + con algo 或
inconsecuente	不一貫的	incompatible	不相容的	+ con alguien

● 介系詞 A

◆ 與動詞連用表示「方向」、「目標」的含意

dirigirse	向_走去	subir	爬上	
acercarse	靠近	bajar	下去	+ a un lugar
acceder	同意	ascender	上升	
ir	去	arrojarse	撲向	

animar	鼓勵	inducir	引起	
contribuir	有助於	obligar	強迫	+ a algo
aspirar	追求	atreverse	敢	
ayudar	幫忙			

◆ 與動詞連用表示「動作開始」的含意

comenzar	開始	ir	表開始	
empezar	開始	ponerse	表開始	+ a hacer algo
echar(se)	開始			

◆ 有些動詞後面一定與介系詞 a 連用形成固定的用法

acostumbrarse	習慣於	desafiar	挑戰	+ a hacer algo
comprometerse	擔保	limitarse	限於	

negarse	拒絕	someterse	屈從	
oponerse	反對	unirse	加入	+ a alguien
renunciar	拒絕			

注意

上表所列動詞皆為反身動詞。如果反身代詞SE去掉，變成及物動詞，後面不再緊接介系詞，動詞的意思也會改變。請比較下列範例：

 ▶ Él niega las acusaciones.
他否定這些指控。

▶ Él se niega a cumplir la orden.
他拒絕執行命令。

◆ 有些形容詞固定與介系詞 a 使用

| común | 共同的 | semejante | 相像的 | + a + 人或事物 |
| parecido | 相似的 | | | |

anterior	早於	posterior	晚於	+ a + 人或事物
inferior	劣於	superior	優於	
inmediato	緊接著	igual	一樣的	

| cercano | 靠近的 | próximo | 臨近的 | + a su casa |
| contiguo | 鄰近的 | | | |

| fiel | 忠實的 | sensible | 敏感的 | + a sus principios |
| leal | 忠心的 | | | |

● 介系詞 EN

◆ 與動詞連用表示「穿過」、「參與」、「向內」的含意

entrar	進入	colaborar	合作	
penetrar	穿越	integrar(se)	使併入	
concentrar(se)	專心	englobar	包括	+ en algo
insertar	插入	meter(se)	涉及	+ en alguna parte
intervenir	干涉	hundir(se)	倒塌	
encerrar(se)	關鎖	recluir(se)	關押	

◆ 與動詞連用表示「關於」的含意

apoyarse	支持	acordarse	達成協議	
afianzarse	確信	colocar(se)	置身	+ en algo
afirmarse	堅信			

◆ 與動詞連用表示「最後結果」的含意

convertir(se)	變成	quedar	結果	
acabar	結束	romper	開始	+ en algo
transformar(se)	轉為	partir(se)	分成	+ en hacer algo
terminar	結束			

◆ 下列動詞可同時與不同介系詞連用

- colaborar + {en algo / con alguien / con algo}

- meterse + {en algo / con alguien}

- acabar + {en algo / con algo / con alguien}

- coincidir {en algo / con alguien}

◆ 與形容詞的使用

bueno	好的	experto	內行的	
malo	壞的	hábil	能幹的	+ en esa materia
ducho	熟練的	erudito	博學的	
versado	精通的			

constante	持續的	firme	堅定的	+ en el trabajo
diligente	努力的	incansable	不懈的	

rico	富有的	pobre	缺乏的	+ en algo

superior	優於	primero	首先	+ en algo
inferior	劣於	último	最後	

◆ 有些動詞與不同的介系詞使用，或是動詞後面不緊接著介系詞，意義上會不一樣

範例 ▶ Te cuento siempre mis problemas.
　　　我總是告訴你我的問題。（contar = narrar 敘述）

▶ Hemos contado con su ayuda.
　　我們信任你的幫忙。（contar con = confiar en 信任）

▶ No cuento con ese dinero para las obras.
　　我沒錢做這些工作。（contar con = tener 擁有）

▶ Voy a acabar con esa relación.
　　我要終止那個關係。（acabar con = romper, terminar 結束）

▶ Le dijeron que acabarían con él.
　　他們跟他說要毀了他。（acabar con = destruir, matar 摧毀）

▶ Acabó de camarero en un bar de la costa.
　　他最後去當海邊酒吧的服務生。（acabar de = llegar a un empleo 剛剛）

▶ Me tratas mal? ¿por qué lo haces?

你對我很壞？為什麼你這樣做？（tratar = comportarse 對待）

▶ Yo no (me) trato con ese tipo de gente.

我不跟這種人交往。（tratar con = relacionarse 交往）

▶ Este libro trata de política.

這本書討論政治。（tratar de = su tema es 主題是）

▶ Trata de entenderme, por favor.

你試著了解我，拜託。（tratar de = intentar 試圖）

▶ Se ha metido en un asunto muy feo.

他陷入一件醜聞。（meterse en = embutir 陷於）

▶ Se ha metido con gente indeseable.

他與不受歡迎的人在一起。（meterse con = relacionarse con 交往）

▶ No te metas con ellos, son peligrosos.

你別跟他們混在一起，他們很危險。（meterse con = introducirse inoportunamente 不適當地介入）

● 介系詞POR

◆ 表示「原因」（causa）、「動機」（motivo）、「理由」（razón）

範例 ▶ Lo ha hecho así por razones que no entiendo.

他這麼做是基於什麼樣的理由，我不懂。

▶ No vas a llorar por una tontería así, ¿verdad?

你不會為了像這樣一件蠢事而哭，對吧？

◆ 表示「時間」（tiempo）概念

(1)「期間」（durante）

範例 ▶ Por unos segundos se quedó sin poder reaccionar.

他愣住幾秒鐘的時間，不知所措。

▶ Por la tarde no hay nadie por las calles.
下午街上一個人也沒有。

(2)「接近」（aproximación）

範例 ▶ Recuerdo que por esas fechas yo estaba en el Sur.
我記得那段日子我在南部。

▶ Eso ocurrió por los años treinta.
這發生在三十年代。

(3)「週期」（periodicidad）

範例 ▶ Voy a Zamora dos veces por semana.
我每星期去兩次Zamora。

▶ Puede llegar a 200 kilómetros por hora.
它每小時可達時速兩百公里。

◆ 表示「位置」、「方位」（localización）

(1)「經由」（a través de）

範例 ▶ Baja por las escaleras.
你從樓梯下來。

(2)「沿著」（a lo largo de）

範例 ▶ Los troncos bajaban por el río.
樹幹順水而下。

(3)「不確定的地方」（lugar no determinado）

範例 ▶ He dejado mis gafas por aquí, creo.
我認為我把眼鏡放這附近。

◆ 表示「以命名」（en nombre de）、「代表」（en representación）、「替代」（en lugar de）

> **範例** ▶ Firma por mí, tienes mi autorización.
> 替我簽名，你有我的授權。

◆ 表示「交換」（a cambio de）、「價格」（precio）、「分配」（distribución）、「相等」（equivalencia）

> **範例** ▶ Sólo tocamos a doscientas pesetas por persona.
> 我們每個人只中兩百元西幣。
>
> ▶ No quería tenerlo por vecino.
> 我不想跟鄰居交換。
>
> ▶ Yo no pagaría ni un duro por ése.
> 那東西我一毛也沒付。

◆ 表示被動語態句法上之「施事者」（complemento agente）

> **範例** ▶ El pacto fue firmado por los dos rectores.
> 這合約由兩位校長簽署。

◆ 表示「尋找」（en busca de）

> **範例** ▶ Voy por más café.
> 我去多拿一些咖啡。

◆ 表示「無」（sin）

> **範例** ▶ Te quedan muchas cosas por aprender.
> 你要學的事情還很多。

◆ 表示「方式」（modo）、「媒介」（medio）

範例 ▶ Lo enviaremos por barco.
　　　　我們寄海運。

◆ 表示「感覺」（sentimientos）、「受益者」（en beneficio de）、「保護」（en defensa de）

範例 ▶ Siento una profunda admiración por su trabajo.
　　　　我對您的工作深感敬佩。

　　　▶ Si lo haces por nosotros, no te molestes, no necesitamos tu ayuda.
　　　　如果你這麼做是為了我們，不用麻煩了，我們不需要你的幫忙。

比較 POR 和 PARA

POR	PARA
❶ 原因、源由（Causa/Origen） ▶ Está gordo por comer tanto. 　他胖是因為吃太多。	❶ 目的（Finalidad/objetivo） ▶ Estudia para aprobar. 　他用功為了通過（及格）。
❷ ① 經由（地方）（a través de） ▶ Voy a dar un paseo por el parque. 　我去公園散散步。 ② 靠近（地方）（Lugar apróximado） ▶ Ese pueblo está por el norte. 　那個小鎮靠近北部。	❷ 朝方向（Dirección (hacía)） ▶ El tren para Barcelona sale a las ocho. 　開往巴塞隆納的火車八點出發。
❸ 靠近（時間）（Tiempo aproximado） ▶ Por ahora, no tengo trabajo. 　目前我沒有工作。	❸ 將近（時間）、到來（Tiempo futuro） ▶ Para Navidades, iré al sur. 　聖誕節時我將去南方。
❹ 一日的部分（Partes del día） ▶ Por las tardes, no está en casa. 　每天下午他都不在家。	❹ 時間（最後一段）（Último plazo de tiempo） ▶ Para fin de mes, me lo das. 　月底時你交給我。

POR	PARA
❺方式、工具（medio/modo/instrumento） ▶Las quejas deben hacerse por escrito. 抱怨不滿都必須寫下來。 ▶Mándalo por avión. 你用航空信寄出。	
❻價錢（Precio） ▶He encontrado un piso por 50.000 pts. 我找到一間五萬西幣的租屋。	
❼表達語（Frases hechas） ▶Por favor 請 ▶Por ejemplo 例如 ▶Por lo general 一般而言 ▶Por supuesto 當然	
❽想做某事（Intención de hacer algo） ▶Lo llevo pensando y estoy por comprarme el vestido. 我一直在想這件事：買這件衣服給我自己。	❽將要（動作）（Inminencia de la acción） ▶Estaba para salir de casa cuando sonó el teléfono. 電話響時他正要出門。
❾工作未完成（Tener algo pendiente de acabar） ▶Tengo dos exámenes por corregir. 我還有兩份測驗要改。	❾不協調（Desproporción o falta de correspondencia ▶Para ser tan pequeño, está muy alto. 按他年紀這麼小，個子算很高。
❿讓步（Concesivo） ▶Por ir en taxi, no vas a llegar antes. 儘管搭計程車去，你也不會提早到。	❿輕蔑（Desprecio） ▶Yo, para comerme paella, no voy a Valencia. 我不會為了吃海鮮飯跑去瓦倫西亞。
⓫避免成阻礙（No poner obstáculo） ▶Si queréis, por mí, nos vamos. 如果你們想要，就我來說，讓我們走吧。	⓫準備好（Estar listo, preparado） ▶La ropa ya está para planchar. 衣服準備好要燙了。

POR	PARA
⑫支持（En favor de） ▶ Voto por no venir a trabajar. 我贊同不來上班。	⑫不適合（No estar en codición de） ▶ Este coche no está para correr muy rápido. 這部車不適合跑很快。
⑬重複相同動詞（Repetición del mismo verbo） ▶ Hablar por hablar 為了說而說。	⑬想法（Opinión） ▶ Para mí, no es la mejor película de Almodoves. 依我的看法，這不是阿莫多瓦最好的電影。

● 介系詞PARA

◆ 表示「目的」（finalidad）、「目的」（destino）、「終點」（meta）、「使用」（uso）、「才能」（aptitud）

範例 ▶ Es un nuevo producto para lavar el pelo.
這是洗髮的新產品。

◆ 表示「時間」（Tiempo）

(1)「結束」（Final）、「期限」（límite de un plazo）：

範例 ▶ Lo quiero para finales de mes.
這個月底我就要。

(2)「之前」（antes）、「要求的期限」（en la fecha dada）：

範例 ▶ Tendré terminado el jersey para su cumpleaños.
在他生日前我得把毛衣繡好。

▶ Para cuando tú llegues, no quedará nada.
等你到時已經沒東西了。

(3)「直到」（hasta）：

範例 ▶ Lo han postpuesto para una ocasión más apropiada.
他們將它延後至較適當的時機。

(4)需要多久時間（ir para + tiempo）＝（hace casi + tiempo）

範例 ▶ Va para dos años que lo terminé.
我需兩年時間完成它。

◆ 表示「移動」（movimiento）

(1)「朝方向」（en dirección a）：

範例 ▶ ¿Vas para casa?
你要回家？

(2)「具體對象」（en sentido figurado）：

範例 ▶ Va para director o algo así, ¡cómo le gusta mandar!
他將是主任或這類職位，他就是喜歡命令別人！

◆ 表示「觀點」（punto de vista）、「想法」（opinión）

範例 ▶ Para mí es una experiencia inolvidable.
對我而言是一難忘經驗。

◆ 表示「對立」（contraposición）、「仍然」（aunque）

範例 ▶ Es un niño muy responsable para su edad.
就他的年齡來說，他是一個很負責的小孩。

練習題

1. A mí, me gustan esos muebles porque son _____ madera.

2. En las calles es mejor caminar _____ lado.

3. Os estamos esperando _____ las diez de la mañana.

4. _____ las ventanas no veo nada.

5. Me he caído _____ rodillas.

6. Manolo es un pedazo _____ pan. Me cae bien.

7. Es el edificio más alto _____ Taipei.

8. Esta frase la conozco, es _____ Cervantes.

9. Ese vino es _____ gallego. ¿No te parece?

10. Caundo llegaron, estaba _____ pijama.

11. ¿Por qué siempre estás disfrutando _____ lo grande?.

12. _____ los ocho años mi hija ya tocaba el violín muy bien.

13. En Kaohsiung llueve poco _____ verano.

14. Arreglaré todo _____ dos minutos y nos vamos al cine, ¿vale?.

15. Echo de menos _____ Noemí. No sé ¿qué está haciendo ahora?

16. Lucas es un demonio _____ niño.

17. Con este tráfico, no creo que lleguemos _____ tiempo.

18. Paco se ha enamorado locamente _____ esa chica.

19. Cuando volví a casa, ya era muy noche. Debía andar _____ puntillas para no despertar _____ nadie.

20. Mañana recibiremos _____ señor López _____ las nueve _____ el aeropuerto.

21. Hace mucho tiempo que se fueron _____ Nueva York.

22. Ahora las naranjas son baratas porque están _____ mitad de precio.

23. Ellos se casaron en mayo y se divorciaron _____ los dos meses.

24. El vino está _____ la bodega.

25. ¿Dónde están los libros? Deben de estar _____ algún lado.

26. Lo siento, no han dejado nada _____ ti.

27. ¡Ya sabe conducir! Pues está muy joven _____ su edad. ¿No te parece?

28. Oye, no seas tonto. Es imposible que lo consigas _____ muy poco dinero.

29. A veces nieva _____ Navidad.

30. Tú aún no habías nacido _____ esas fechas. .

31. Hoy he dado la clase _____ el señor García. .

32. _____ imaginación, la de mis nietas.

33. Juan fue castigado _____ su descuido.

34. Envíame el paquete _____ el correo urgente.

35. No estoy _____ nadie. Me siento fatal.

36. La casa fue construida _____ el arquitecto en 1980.

37. Ellos se marcharon _____ Francia la semana pasada.

38. Están buscando el gato _____ toda la casa.

39. Estoy _____ llamar y decir que no puedo ir.

40. No está _____ bromas. Déjale en paz.

41. Buscaron _____ entre los escombros.

42. Llama dos veces _____ mes para que sepamos que está bien en Madrid.

43. Nos veremos mañana _____ la mañana.

44. _____ mal gusto, el de Miguel.

45. El documento debe de estar guardado _____ algún sitio.

46. _____ medianoche de vez en cuando me levanto muerta de hambre.

47. En primavera viajaremos _____ toda Europa.

48. Nos hablamos _____ menudo _____ teléfono.

49. Mi estudio termina _____ junio.

50. He venido _____ otros motivos.

51. Comenzamos _____ trabajar _____ las 8.

52. Juan se imagina ser el más intelegente _____ la clase.

53. Prepárate _____ recibir una sorpresa.

54. El profesor nos enseña a formar frases _____ español.

55. Propongo pernoctar _____ Zaragoza.

56. Hemos acordado encontrarnos _____ las 10.

57. Nos hemos decidido _____ pasar las vacaciones en Santander.

58. Estoy aprendiendo _____ pronunciar las consonantes españolas.

59. No pretendo convencerte _____ mis ideas.

60. Joaquín no merece ser tratado así _____ su hermano.

61. Empecé a leer aquel libro con mucho interés, pero acabé _____ dejarlo a causa de su pesadez.

62. ¿Oyes cantar _____ la vecina?

63. No me obligues _____ hacer lo que no quiero.

64. Este trabajo está aún _____ hacer.

65. Pedro no se conforma _____ ser un estudiante medio.

66. El gato ha derramado la leche _____ el suelo.

67. Encontró al barquero _____ la orilla del río.

68. Con/En matemáticas es una calamidad, pero _____ pintura es un hacha.

69. Trabajo _____ recepcionista en el hotel de la esquina.

70. ¿Quieres el bolígrafo _____ metal o _____ plástico?

71. Pasaba el plato _____ mano _____ mano sin comer nada.

72. No quiero montar _____ burro; prefiero montar _____ caballo.

73. En casa se nota más el calor que _____ la calle.

74. Estábamos _____ pie de la torre de la catedral.

75. Cógeme eso que se me ha caído _____ el suelo.Si tiene apetito, comase la sopa.

筆記頁

11 西班牙語和卡斯提亞語

西班牙語是目前世界上使用人口第四多的語言，在歐洲，大多數說西班牙語的人把這個語言稱為「西班牙語」（Español），不過，中南美洲各國人民則習慣稱他們的語言為「卡斯提亞語」（Castellano）。

■ **本章重點** ● 西班牙的地理環境

● 西班牙語與卡斯提亞語

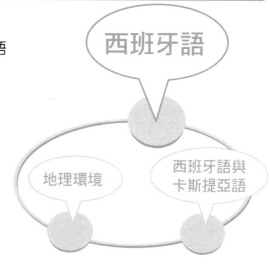

● 西班牙的地理環境

西班牙位於歐洲大陸西南邊的伊比利半島，北邊有庇里牛斯山和法國分界；南端則以直布羅陀海峽和北非的摩洛哥相望，東南面靠地中海，西北臨大西洋，西邊和葡萄牙接壤。在地形上控制大西洋和地中海的咽喉，位居歐、非洲兩洲銜接的戰略地位。伊比利半島上有西班牙與葡萄牙兩國，西班牙占此半島的六分之五，面積五十萬多平方公里，在歐洲，除略小於法國外，是歐洲第二大國。

圖1. 西班牙地理位置圖

　　此外，西班牙領土還包括地中海之Baleares群島、大西洋Canarias群島，以及非洲的Ceuta、Melilla兩個城市，總面積504,783平方公里。

1. 西班牙自治區（Comunidades Autónomas de España）

　　西班牙自治區的劃分如下：Andalucía、Aragón、Asturias、Islas Baleares、Islas Canarias、Cantabria、Cataluña、Castilla－La Mancha、Castilla y León、Extremadura、Galicia、La Rioja、Madrid、País Vasco、Murcia、Navarra、Valencia。兩個自治城市：Ceuta、Melilla。

　　西班牙行政上劃分成自治區域，本土十五個，加上北非的Ceuta和Melilla兩個城市先後取得自治地位，總共十七個自治區域；其中較大的行政區可再劃分成省，全國一共有五十個省分。區域的劃分可能是依照歷史的淵源，像是半島統一前，Castilla、Aragón 等王國各自雄據一方，自立為國，日後國家統一仍保持其舊有領土。也有因為語言、文化的因素來劃分，例如巴斯克人仍分屬 País Vasco 及 Navarra 自治區；東部的Barcelona屬於Cataluña（加泰隆尼亞）語系地區，西北邊臨近大西洋的各省則屬於Galicia（加里西亞）語系地區。

圖 2. 西班牙自治區

西班牙語（Español）與卡斯提亞語（Castellano）

西班牙語是目前世界上使用人口第四多的語言，大約有四億多人口在說西班牙語，僅次於印度語、中文跟英語。有數據顯示[註]，全球10%說西班牙語的人口在美國，墨西哥是說西班牙語人數最多的國家，將近一億五百萬人。另外，巴西30%的行政官員能說流利的西班牙語，菲律賓也有一百萬人口會說西班牙語，在歐洲則有三百多萬人正在學習西班牙語，而西班牙國內就有超過一千七百個為外國人開設的西語課程。因此，西班牙語可以說是世界上最有潛力的語言之一。

西班牙語在西文裡可用兩個字來書寫，一是 **Español**，一是 **Castellano**。在歐洲很多說西班牙語的人把這個語言稱為「西班牙語」（Español），不過，在中南美洲各國人民則習慣稱他們的語言為「卡斯提亞語」（Castellano）。儘管這兩個字意思一樣，拉丁美洲國家的人喜歡用Castellano這個詞，因為 Español 與西班牙的國家名稱 España 拼寫相似，且

[註] 請參閱Pasaporte (2007), de Matilde Cerrolaza Aragón, et al., Madrid, Edelsa Grupo Didascalia, S. A., p.27。

發音聽起來像是代表同一個民族，而不是一種語言。其實，有些語言也有多種稱呼，像是中文一詞就有國語、漢語、滿洲話、北平話、普通話等稱法；台語亦有台灣話、閩南語、台灣福建話等叫法。不過，稱呼的方式不同多少也有用意的不同。

　　以西班牙語作為官方語言的國家在歐洲就是西班牙本國，美洲計有19個國家：墨西哥、尼加拉瓜、巴拿馬、哥斯大黎加、薩爾瓦多、瓜地馬拉、宏都拉斯、古巴、波多黎各、多明尼加共和國、委內瑞拉、玻利維亞、智利、哥倫比亞、厄瓜多、巴拉圭、秘魯、烏拉圭和阿根廷。非洲有兩個國家：赤道幾內亞和西撒哈拉。

圖3. 世界上以西班牙語作為官方語言的國家

　　西班牙語在西班牙本土也會受到方言的影響產生發音上的改變。西班牙的方言有加泰隆尼亞語（Catalán），位於加泰隆尼亞（Cataluña）地區；巴斯克語（vasco），位於巴斯克地區（País Vaso）；加利西亞語（gallego），位於加利西亞（Galicia）地區；馬尤爾加語（mallorquín），

位於馬尤爾加島（Mallorca）。請參閱圖3。雖說語言並沒有所謂的絕對標準語，不過，一般來說，西班牙人自己也認為在北部的卡斯提亞（Castilla y León）的發音是標準的西班牙語發音，其中又以薩拉曼加（Salamanca）城市為代表。西班牙語能凌駕伊比利半島上其它方言，儼然成為今日的官方語言是有其歷史淵源的。西元一四九二年來自卡斯提亞的伊莎貝爾女皇趕走了摩爾人，統一整個伊比利半島，之後資助哥倫布發現美洲新大陸，並開啟了海上霸權與殖民時代。這一切成就反應出位居西班牙中北部的卡斯提亞（Castilla）始終居於領導地位，影響所及，殖民地拉丁美洲的老百姓習慣上稱西班牙語為卡斯提亞語（Castellano）。

拉丁美洲的「卡斯提亞語」（Castellano），在發音跟語法上是承襲十六與十七世紀安達魯西亞省（Andalucía）與加納利亞省（Islas Canarias）的西班牙語。這是因為當時哥倫布出航時帶的水手、士兵與日後的殖民者主要來自這些地區。因此，今日拉丁美洲的卡斯提亞語其基本的語音特徵雖說源自於西班牙中北部的卡斯提亞省，不過實際上是南部安達魯西亞的卡斯提亞語方言在拉丁美洲確立下來。既是稱為方言，自然會有發音與語法上的變化，加上中南美洲各地印第安語、原住民語詞彙的溶入，長時間下來，語音上亦會受到影響而出現轉變，這也是為什麼卡斯提亞語在中南美洲呈現明顯不同的方言口音。所以，我們可以想見社會語言學家若想研究西班牙語，不論是字彙或語音上的變化，應該是去中南美洲做研究調查。

1. 拉丁美洲「卡斯提亞語Castellano」的發音

我們之前有提到，拉丁美洲「卡斯提亞語Castellano」的發音是承襲十六世紀與十七世紀安達魯西亞省的西班牙語，這段期間到十八世紀卡斯提亞語的語音不是一成不變的，只不過發音的轉變與地理因素、印第安語或當地土著語言習習相關。

首先是十七、十八世紀時南部西班牙語發音開始發生變化，最明顯的就是seseo。例如：casa[káSa]（家）與 caza[kása]（打獵）。前者子音大寫[S]是舌尖齒齦音，後者小寫[s]是舌尖齒音。時至今日，只有舌尖齒音還保留著，也就是說，casar 與 cazar 在西班牙南部地區都發音成[kása]。不過，在北部與中部西班牙，舌尖齒音已轉變成舌尖齒間音[θ]，因此，

casa[kasa]與caza[kaθa]很容易聽出來是兩個不同音不同意義的單字。

　　哥倫布發現新大陸後，中南美洲多山地區的國家像是墨西哥、玻利維亞、巴拉圭等等，仍承襲早期西班牙南部地區的發音，亦即 casa[káSa] 與 caza[kása]發音是不一樣的。可是海岸地區與靠海城市就很快接受殖民期間語音的轉變，所以這些地區 casa 與 caza 都唸作舌尖齒音[kása]。奇怪的是，西班牙北部與中部的舌尖齒間音[θ]並沒有傳入中南美洲。

　　拉丁美洲海岸地區與靠海城市的確比偏遠山區更能接受同一時期西班牙南部安達魯西亞地區發音的轉變。另一個音的改變是出現在音節之尾的舌尖齒齦音[s]消失不見了，estas[éstas]唸成聲門閉鎖音：[éhtah]，甚至於乾脆不發任何音：[éta]。不過，這些變化在拉丁美洲多數高原、高山地區沒有受到影響。同一時期，硬顎摩擦音、有聲[y]（字母書寫為Y）和硬顎側音、有聲[ʎ]（字母書寫為LL）在西班牙南部安達魯西亞跟部份拉丁美洲都唸作[y]。所以，valla和vaya讀音是一樣的。還有一組尾音不分[l]與[r]的最新現象在安達魯西亞跟部分美洲（巴拿馬、委內瑞拉、波多黎各、古巴、多明尼加共和國）可以聽到。原本西班牙語字母l在字尾時，例如：fácil，子音[l]發成牙齒音，即舌尖抵在上門牙後面，不同於牙齦顫音[r]，例如：comer。現在這些地區尾音 total[totál]、puerta[pwélta]、beber[bebél] 聽起來都是牙齒音[l]。

2. 美洲「卡斯提亞語」區域性的發音特徵

　　若要詳細的述說拉丁美洲區域性的發音特徵，這是屬於社會語言學的研究範疇，不可能用三言兩語就可以交待清楚，更何況中南美洲說西班牙語的國家近二十個，地理環境或是人文政治、社會、歷史等眾多因素，都會讓這一個語言無論在發音或字彙上顯得更加複雜，不過也變得豐富、生動有趣。例如，就蝙蝠（murciélago）這個單字在西班牙加納利群島（Isalas Canarias）其中的 Tenerife 小島上，我們就可以聽到好幾種不同的唸法，所以不難想像廣大的中南美洲，安地斯山脈群聚的部落與沿海發展的城市居民，他們的話語伴隨著歲月的刻痕，能不有多樣的面貌展現在後人的眼前。例如：murcélago（蝙蝠）在西班牙Tenerfe島上就可以唸成[mursjélego],[murθjélego], morsjélego等幾種不同的唸法。

　　我們再以「小男孩」、「公共汽車」為例，看看中南美洲各國在表達

同樣的概念時使用的字彙差異：

國家	小男孩	公共汽車
墨西哥	chamaco	camión
瓜地馬拉	patojo	camioneta
薩爾瓦多	cipote	camioneta
巴拿馬	chico	chiva
哥倫比亞	pelado	autobús
阿根廷	pibe	colectivo
智利	cabro	micro
古巴	chico	guagua

　　另外，美洲西班牙語習慣用 amarrar（拴住、捆住）替代西班牙語另一同意詞 atar（拴、捆、綁）；其它類比的詞彙有 botar（扔、拋、投、擲）替代 echar（扔、拋、投、擲）；virar（改變方向、轉彎）替代 volverse（轉彎）等等。

　　新的用語例如：在靠加勒比海地區的西班牙語吸收了 tabaco（煙草、雪茄）、canoa（獨木舟、小艇）、huracán（颶風）、maíz（玉米）、ají（辣椒、胡椒）等字彙。在墨西哥有Náhuatl語，西班牙語也採用了chocolate（巧克力）、tomate（蕃茄）、coyote（郊狼）、chicle（口香糖）、cacao（可可）等食物名詞。另外在綿延的安地斯山脈從 Quechua 語中吸了pampa（南美大草原）、cóndor（禿鷹）、puma（美洲獅）、poncho（披風）等字彙。還有Guaraní語中學到了ananás（鳳梨、菠蘿）、ñandú（美洲駝鳥）、ombú（樹商陸（一種軟木樹））、tapioca（木薯澱粉）等用詞。

　　西班牙語和中南美洲卡斯提亞語，除了上述語音與字彙上的差異，句法亦有顯著不同的地方，主要是第二人稱「你」（tú）和「您」（usted）稱呼上的區別。「你」（tú）是西班牙語中非正式或親密的稱呼形式，直接承襲拉丁語的tu。拉丁語的複數形vos也傳入西班牙語，但是在中世紀後期是被用做正式或更禮貌的尊稱。為了區別第二人稱複數形正式與非正

式的用法，人們開始使用「你們」（vosotros）表示非正式的用法。十六世紀開始出現 vuestra merced（你慈悲的）這一種非常有禮貌的稱呼形式，之後縮短為 usted，等同於「您」的意思，而 vos 卻變成非正式、親密的稱呼方形式，且通行於大多數中南美洲國家。例如：在哥倫比亞除了首都 Bogotá和沿海地區用 tú，其他地區許多人幾乎只用 usted，連對貓、狗等動物也不例外。

vos 人稱的動詞變化是古西班牙語的複數形變化：hablás（原形 hablar）、comés（原形comer）、vivís（原形vivir）。我們以這三個動詞為例，先看一下今日西班牙語現在式的動詞變化：

人稱 ＼ 動詞	HABLAR	COMER	VIVIR
Yo	hablo	como	vivo
Tú	hablas	comes	vives
Él、Ella、Usted	habla	come	vive
Nosotros	hablamos	comemos	vivimos
Vosotros	habláis	coméis	vivís
Ellos、Ellas、Ustedes	hablan	comen	viven

作者在唸大學時，記得有一次課堂上，西班牙籍的老師叫一位阿根廷僑生唸一段西班牙文：「Has comido unos chocolates, por esto no debes tener mucha hambre ahora.」。結果這位同學只要單字結尾是 -s 的全部省略不唸，這一句話聽起來也就變成：「Ha comido uno chocolate, por esto no debe tener mucha hambre ahora.」。那位西班牙語老師搖搖頭直說：「No hablas español.」（你不是在說西班牙語）。老師這樣說自然有他的道理，因為少了字尾-s的音，原本應該是第二人稱「你」（tú）的動詞變化，結果聽起來會誤以為是第三人稱單數「他」（él）或者是禮敬「您」（usted）的稱呼。從這兒似乎也可以看出（或推測）為什麼西班牙南部安達魯西亞省（Andalucía）與廣大的中南美洲不使用「你」（tú）這個人稱，逕自使用「您」（usted）的稱呼。至於其它文法上單數、複數不一致的錯誤就更

突顯了一般人以為「會說西班牙語，只要能表情達意就夠了，所謂說標準、合乎語法的西班牙語並不是那麼重要」。

以下我們只就使用西班牙語或卡斯提亞語時，在不同的地區或國家，不同的人使用不一樣的發音方式、詞彙或表達語，將其中最具代表性的特徵列舉出來。

◆ 墨西哥

墨西哥人說卡斯提亞語時，會特意將[s]的音拉長，強調子音的發音勝於母音，有時話說得快時，非重讀的母音就不發音了。例如：coches[kočs]。

◆ 尼加拉瓜、薩爾瓦多、宏都拉斯

尼加拉瓜、薩爾瓦多、宏都拉斯這三個國家的居民彼此稱為 nicas（尼加拉瓜人）、guanacos（薩爾瓦多人）、catrachos（宏都拉斯人）。他們說卡斯提亞語時，將子音/x/的音都發成[h]音。因此，單字 jota 聽起來不是[xota]，而是[hota]。另外，子音[s]與[θ]的發音分不清；而出現在兩個母音之間的[ʎ]音，有變成半母音[j]的趨勢，例如：calle[káʎe]唸做[káje]，甚至不發聲了，也就唸成[kae]。

◆ 哥斯大黎加

哥斯大黎加人說卡斯提亞語時，有點像上述尼加拉瓜、薩爾瓦多、宏都拉斯這三個國家的居民：出現在兩個母音之間的[ʎ]音弱化到消失不發聲了。此外，比較特別的是舌尖顫音[r]齒音化了。

◆ 哥倫比亞

哥倫比亞人說卡斯提亞語時，子音[b]、[d]、[g]在任何子音後面都是發塞音，例如：pardo、barba、algo，但是西班牙人則發成摩擦音。另外，子音[x]在哥倫比亞、薩爾瓦多、宏都拉斯和尼加拉瓜都發成清聲門音[h]。

◆ **委內瑞拉**

委內瑞拉人說卡斯提亞語時，字尾的[s]音幾乎聽不到，[l]和[r]在音節尾也分不清。此外，在委內瑞拉、薩爾瓦多、宏都拉斯和尼加拉瓜，許多人把[s]發成齒間清音[θ]。

◆ **阿根廷、烏拉圭與巴拉圭**

在阿根廷、烏拉圭與巴拉圭，某些地區會區別[ʎ]和[ʝ]的發音。另外，和哥斯大黎加、波哥大、瓜地馬拉一樣，子音[rr]發成齒音。

◆ **秘魯**

秘魯人說卡斯提亞語時，不同於智利等地區，會區別[ʎ]和[ʝ]的發音。

◆ **智利**

智利人說卡斯提亞語時，[ʎ]和[ʝ]的發音幾乎一樣，無法分辨，[l]和[r]在音節之尾也分不清。

◆ **瓜地馬拉**

瓜地馬拉人說卡斯提亞語時，發子音[x]的音比較像發英語的[h]音。因此，單字 jamás 聽起來不是[xamás]，而是[hamás]。另外，出現在兩個母音之間的[ʎ]音，會因為過度輕聲化而變得幾乎不發聲了，所以，salle原本應該發成[saʎe]，實際上卻唸做[sae]。

附錄－參考書目

● 外文書目

ALARCOS LLORACH, Emilio (1980), *Estudios de gramática funcional del español*, Madrid, Editorial Espasa Calpe, S. A.

ALCINA FRANCH, J. y BLECUA, J. M. (1994), *Gramática española*, Barcelona, Editorial Ariel, S. A., 1ª edición, 1975.

ALONSO-CORTÉS, Ángel (1994), *Lingüística General*, 3ª edición corregida y aumentada, Madrid, Ediciones Cátedra, S. A.

ALVAR, Manuel [director] (2000), *Introducción a la lingüística española*, Barcelona, Editorial Ariel, S. A.

ALVAR EZQUERRA, Manuel (1996), *La formación de palabras en español*, Madrid, Arco/Libros S. L.

BELLO, Andrés (1981), *Gramática de la lengua castellana — destinada al uso de los americanos*, Edición Crítica de Ramón Trujillo, Tenerife, Instituto Universitario de Lingüística Andrés Bello, Cabildo Insular de Tenerife.

BOSQUE, Ignacio (1980c), *Problemas de morfosintaxis*, Madrid, Editorial de la Universidad Complutense.

BOSQUE, Ignacio et al. (1990a), *Tiempo y aspecto en español*, Madrid, Ediciones Cátedra, S. A.

BOSQUE, Ignacio et al. (1990b), *Indicativo y subjuntivo*, Madrid, Taurus.

BOSQUE, Ignacio (1994c), *Repaso de sintaxis tradicional: ejercicios de autocomprobación*, Madrid, Cuadernos de Lengua Española, Arco/Libros S. L.

BOSQUE, Ignacio (1996c), *Las categorías gramaticales*, Madrid, Editorial Síntesis.

BOSQUE, Ignacio (1999), 《El nombre común》, en *Gramática descriptiva de la lengua española*, Madrid, Editorial Espasa Calpe, S. A., 3 vols., págs. 3-76.

BRUCART, José Mª (1987), 《La elipsis parcial》, en Violeta Demonte y María Fernández Lagunilla, *Sintaxis de las lenguas romances*, Madrid, El Arquero, págs. 291-328.

ARRETER, Fernando Lázaro (1953), *Diccionario de términos filológicos*, Madrid, Editorial Gredos.

DE SAUSSURE, Fernando (1989), *Curso de lingüística general*, Madrid, Ediciones Akal S. A.

DEMONTE, Violeta (1999), 《El adjetivo: clases y usos. La posición del adjetivo en el sintagma nominal》, en *Gramática descriptiva de la lengua española*, dirigida por Ignacio Bosque y Violeta Demonte, Madrid, Editorial Espasa Calpe, S. A., págs. 129-216.

FERNÁNDEZ RAMÍREZ, Salvador (1986), *Gramática española – 3.1 El nombre*, Madrid, Arco/Libros, S. L.

FERNÁNDEZ RAMÍREZ, Salvador (1986), *Gramática española – Vol. 4 El verbo y la oración*, Madrid, Arco/Libros, S. L.

FERNÁNDEZ RAMÍREZ, Salvador (1987), *Gramática española – 3.2 El pronombre*, Madrid, Arco/Libros, S. L.

GILI GAYA, Samuel (1976), *Curso superior de sintaxis española*, Barcelona, Bibliograf (11ª ed. 1976)

HERNÁNDEZ ALONSO, César (1995), *Nueva sintaxis de la lengua española*, Salamanca, Ediciones Colegio de España.

HERNÁNDEZ GUILLERMO (1990), *Análisis gramatical*, Madrid, Sociedad General Española de Librería, S. A.

HERNANZ, Mª. Lluïsa (1982), 《El infinitivo en español》, Universidad Autónoma de Barcelona.

KOVACCI, Ofelia (1999), 《El adverbio》, en *Gramática descriptiva de la lengua española* dirigida por Ignacio Bosque y Violeta Demonte, Madrid, Editorial Espasa Calpe, S. A., págs. 705-786.

LAPESA, Rafael (1974), 《El sustantivo sin actualizador en español》, en *Homenaje a Ángel Rosenblat en sus 70 años*, Instituto Pedagógico, Caracas, 1974, págs. 289-304 [Reproducido en I. Bosque (ed.), *El sustantivo sin determinación. La ausencia de determinante en la lengua española*, Madrid, Visor, 1996, págs. 121-137].

LÓPEZ GARCÍA, Ángel (1994), *Gramática del español I. La oración compuesta*, Madrid, Arco/Libros, S. L.

LÓPEZ GARCÍA, Ángel (1996), *Gramática del español II. La oración simple*, Madrid, Arco/Libros, S. L.

LÓPEZ GARCÍA, Ángel (1998), *Gramática del español III. Las partes de la oración*, Madrid, Arco/Libros, S. L.

LUJÁN, Marta (1980), *Sintaxis y semántica del adjetivo*, Madrid, Ediciones Cátedra, S. A.

MARTÍNEZ, José A. (1989), *El pronombre – II. Numerales, indefinidos y relativos*, Madrid, Arco/Libros, S. L.

Porroche Ballesteros, Margarita (1998), *Ser, estar y verbos de cambio*, Madrid, ARCO / LIBROS, S. A.

PULEO GARCÍA, Alicia Helda y SANZ HERNÁNDEZ, Teofilo (1989), *Los pronombres personales*, Salamanca, Publicaciones de Colegio de España.

QUILIS, Antonio et al. (1996), *Lengua española*, Madrid, Editorial Centro de Estudios Ramón Areces, S. A., 1ª edición, 1989.

REAL ACADEMIA ESPAÑOLA (1996), *Esbozo de una nueva gramática de la lengua española*, Madrid, Editorial Espasa Calpe S. A., 1ª edición, 1973.

REAL ACADEMIA ESPAÑOLA – Comisión de gramática. (1996), *Esbozo de una nueva gramática de la lengua española*, Madrid, Editorial Espasa Calpe S. A.

● 中文書目（按姓氏筆劃順序）

邱燮友、周何、田博元。1998。《國學導讀(一)》。台北：三民書局。

湯廷池。1981。《語言學與語言教學》。台北：學生書局。

趙元任。1980。《中國話的語法》。（丁邦新譯。1994。台北：學生書局）。香港：中文大學。

劉月華 et al. 1996。《實用現代漢語語法》。台北：師大書苑。

謝國平。1992。《語言學概論》。台北：三民書局。

魏岫明。1992。《漢語詞序研究》。台北：唐山出版。

羅肇錦。1992。《國語學》。台北：五南圖書出版公司。

● 外文字（辭）典

ABAD, F. (1986), *Diccionario de lingüística de la escuela española*, Madrid, Editorial Gredos, S. A.

ABRAHAM, Werner (1981), *Diccionario de terminología lingüística actual*, Madrid, Editorial Gredos, S. A.

ALCARAZ VARÓ, Enrique y María Antonia MARTÍNEZ LINARES (1997), *Diccionario de lingüística moderna*, Barcelona, Editorial Ariel, S. A.

LÁZARO CARRETER, Fernando (1979), *Diccionario de términos filológicos*, Madrid, Editorial Gredos, S. A.

MATEOS Fernando, OTEGUI Miguel y ARRIZABALAGA Ignacio (1997), *Diccionario Español de la Lengua China*, Madrid, Editorial Espasa Calpe, S. A.

MOLINER María (1990), *Diccionario de Uso del Español (A-Z)*, 2 tomos, Madrid, Editorial Gredos, S. A.

REAL ACADEMIA ESPAÑOLA (1992), *Diccionario de la Lengua Española*, XXI edición, Madrid, Editorial Espasa Calpe, S. A.

SECO, Manuel y Olimpia ANDRÉS, Gabino RAMOS (1999), *Diccionario del Español Actual*, 2 tomos, Madrid, Grupo Santillana de Ediciones, S. A.

WELTE, Wernr (1985), *Lingüística moderna - terminología y bibliografía*, Madrid, Editorial Gredos, S. A.

附錄─時態動詞變化

　　西班牙語動詞本身擔負三個重要的語法內涵：時態、語氣、動貌。例如，時態上可以表達過去式、現在式與未來式；語氣上按說話者態度可以分成陳述式、虛擬式和命令式。若要細分西班牙語動詞則可以分成十四種詞尾變化形式，下面我們藉由cuidar（注意）、comer（吃）、和vivir（住、生活）三個動詞分別看看他們個別的十四種動詞變化形式。此外，西班牙語動詞除了具備上述時態、語氣、動貌這三種本質，它還可以表達第一、二、三人稱之單複數。

　動詞原形（Infinitivo）：cuidar（注意、照料）
　進行式（Gerundio）：cuidando
　過去分詞（Participio Pasado）：cuidado

時態 ＼ 人稱	單數		複數	
presente de indicativo 現在式	我	cuido	我們	cuidamos
	你	cuidas	你們	cuidáis
	他／您	cuida	他／您們	cuidan
imperfecto de indicativo 未完成過去式	我	cuidaba	我們	cuidábamos
	你	cuidabas	你們	cuidabais
	他／您	cuidaba	他／您們	cuidaban
pretérito indefinido 簡單過去式	我	cuidé	我們	cuidamos
	你	cuidaste	你們	cuidasteis
	他／您	cuidó	他／您們	cuidaron

時態 　 人稱	單數		複數	
futuro 未來式	我	cuidaré	我們	cuidaremos
	你	cuidarás	你們	cuidaréis
	他／您	cuidará	他／您們	cuidarán
condicional simple 簡單條件式	我	cuidaría	我們	cuidaríamos
	你	cuidarías	你們	cuidaríais
	他／您	cuidaría	他／您們	cuidarían
presente de subjuntivo 現在虛擬式	我	cuide	我們	cuidemos
	你	cuides	你們	cuidéis
	他／您	cuide	他／您們	cuiden
imperfecto de subjuntivo 未完成虛擬式	我	cuidara	我們	cuidáramos
	你	cuidaras	你們	cuidarais
	他／您	cuidara	他／您們	cuidaran
perfecto de indicativo 現在完成式	我	he cuidado	我們	hemos cuidado
	你	has cuidado	你們	habéis cuidado
	他／您	ha cuidado	他／您們	han cuidado
pluscuamperfecto de indicativo 愈過去完成式	我	había cuidado	我們	habíamos cuidado
	你	habías cuidado	你們	habíais cuidado
	他／您	había cuidado	他／您們	habían cuidado
pretérito anterior 愈過去式	我	hube cuidado	我們	hubimos cuidado
	你	hubiste cuidado	你們	hubisteis cuidado
	他／您	hubo cuidado	他／您們	hubieron cuidado
futuro perfecto 未來完成式	我	habré cuidado	我們	habremos cuidado
	你	habrás cuidado	你們	habréis cuidado
	他／您	habrá cuidado	他／您們	habrán cuidado

時態 \ 人稱	單數		複數	
condicional compuesto 複合條件式	我	habría cuidado	我們	habríamos cuidado
	你	habrías cuidado	你們	habríais cuidado
	他／您	habría cuidado	他／您們	habrían cuidado
perfecto de subjuntivo 現在完成虛擬式	我	haya cuidado	我們	hayamos cuidado
	你	hayas cuidado	你們	hayáis cuidado
	他／您	haya cuidado	他／您們	hayan cuidado
pluscuamperfecto de subjuntivo 愈過去虛擬式	我	hubiera cuidado	我們	hubiéramos cuidado
	你	hubieras cuidado	你們	hubierais cuidado
	他／您	hubiera cuidado	他／您們	hubieran cuidado

動詞原形（Infinitivo）：comer（吃）

進行式（Gerundio）：comiendo

過去分詞（Participio Pasado）：comido

時態 \ 人稱	單數		複數	
presente de indicativo 現在式	我	como	我們	comemos
	你	comes	你們	coméis
	他／您	come	他／您們	comen
imperfecto de indicativo 未完成過去式	我	comía	我們	comíamos
	你	comías	你們	comíais
	他／您	comían	他／您們	comían

時態 人稱		單數		複數
pretérito indefinido 簡單過去式	我	comí	我們	comimos
	你	comíste	你們	comisteis
	他／您	comió	他／您們	comieron
futuro 未來式	我	comeré	我們	comeremos
	你	comerás	你們	comeréis
	他／您	comerá	他／您們	comerán
condicional simple 簡單條件式	我	comería	我們	comeríamos
	你	comerías	你們	comeríais
	他／您	comería	他／您們	comerían
presente de subjuntivo 現在虛擬式	我	coma	我們	comamos
	你	comas	你們	comáis
	他／您	coma	他／您們	coman
imperfecto de subjuntivo 未完成虛擬式	我	comiera	我們	comiéramos
	你	comieras	你們	comierais
	他／您	comiera	他／您們	comieran
perfecto de indicativo 現在完成式	我	he comido	我們	hemos comido
	你	has comido	你們	habéis comido
	他／您	ha comido	他／您們	han comido
pluscuamperfecto de indicativo 愈過去完成式	我	había comido	我們	habíamos comido
	你	habías comido	你們	habíais comido
	他／您	había comido	他／您們	habían comido
pretérito anterior 愈過去式	我	hube comido	我們	hubimos comido
	你	hubiste comido	你們	hubisteis comido
	他／您	hubo comido	他／您們	hubieron comido

時態 　　　人稱	單數		複數	
futuro perfecto 未來完成式	我	habré comido	我們	habremos comido
	你	habrás comido	你們	habréis comido
	他／您	habrá comido	他／您們	habrán comido
condicional compuesto 複合條件式	我	habría comido	我們	habríamos comido
	你	habrías comido	你們	habríais comido
	他／您	habría comido	他／您們	habrían comido
perfecto de subjuntivo 現在完成虛擬式	我	haya comido	我們	hayamos comido
	你	hayas comido	你們	hayáis comido
	他／您	haya comido	他／您們	hayan comido
pluscuamperfecto de subjuntivo 愈過去虛擬式	我	hubiera comido	我們	hubiéramos comido
	你	hubieras comido	你們	hubierais comido
	他／您	hubiera comido	他／您們	hubieran comido

動詞原形（Infinitivo）：vivir（住、生活）

進行式（Gerundio）：viviendo

過去分詞（Participio pasado）：vivido

時態 　　　人稱	單數		複數	
presente de indicativo 現在式	我	vivo	我們	vivimos
	你	vives	你們	vivís
	他／您	vive	他／您們	viven

時態 人稱		單數		複數
imperfecto de indicativo 未完成過去式	我	vivía	我們	vivíamos
	你	vivías	你們	vivíais
	他／您	vivía	他／您們	vivían
pretérito indefinido 簡單過去式	我	viví	我們	vivimos
	你	viviste	你們	vivisteis
	他／您	vivió	他／您們	vivieron
futuro 未來式	我	viviré	我們	viviremos
	你	vivirás	你們	viviréis
	他／您	vivirá	他／您們	vivirán
condicional simple 簡單條件式	我	viviría	我們	viviríamos
	你	vivirías	你們	viviríais
	他／您	viviría	他／您們	vivirían
presente de subjuntivo 現在虛擬式	我	viva	我們	vivamos
	你	vivas	你們	viváis
	他／您	viva	他／您們	vivan
imperfecto de subjuntivo 未完成虛擬式	我	viviera	我們	viviéramos
	你	vivieras	你們	vivierais
	他／您	viviera	他／您們	vivieran
perfecto de indicativo 現在完成式	我	he vivido	我們	hemos vivido
	你	has vivido	你們	habéis vivido
	他／您	ha vivido	他／您們	han vivido
pluscuamperfecto de indicativo 愈過去完成式	我	había vivido	我們	habíamos vivido
	你	habías vivido	你們	habíais vivido
	他／您	había vivido	他／您們	habían vivido

時態 人稱	單數		複數	
pretérito anterior 愈過去式	我	hube vivido	我們	hubimos vivido
	你	hubiste vivido	你們	hubisteis vivido
	他／您	hubo vivido	他／您們	hubieron vivido
futuro perfecto 未來完成式	我	habré vivido	我們	habremos vivido
	你	habrás vivido	你們	habréis vivido
	他／您	habrá vivido	他／您們	habrán vivido
condicional compuesto 複合條件式	我	habría vivido	我們	habríamos vivido
	你	habrías vivido	你們	habríais vivido
	他／您	habría vivido	他／您們	habrían vivido
perfecto de subjuntivo 現在完成虛擬式	我	haya vivido	我們	hayamos vivido
	你	hayas vivid	你們	hayáis vivido
	他／您	haya vivido	他／您們	hayan vivido
pluscuamperfecto de subjuntivo 愈過去虛擬式	我	hubiera vivido	我們	hubiéramos vivido
	你	hubieras vivido	你們	hubierais vivido
	他／您	hubiera vivido	他／您們	hubieran vivido

筆記頁

附錄—練習題答案

第一章　代名詞

Ⅰ. 代名詞

1. 簡單句裡各個詞類陰陽性與單複數一致性都是以主詞的核心名詞為主，例如：
*Este libros es bueno. 不是一個正確的句子，錯誤的字（或詞類）我們用刪除線畫在該字上面，也就是：~~Este~~ libros ~~es bueno~~。這句話應修正為Estos libros son buenos.。在下列十個句子裡，我們已將句子裡核心名詞用斜體字表示，現在請把每個句子裡錯誤的字改正過來，重新將句子正確完整的寫出。

- Este *coche* es ~~negra~~.

  Este coche es negro.

- ~~Estos~~ *coche* ~~son negros~~.

  Este coche es negro.

- ~~Esta~~ *niño* es ~~guapa~~.

  Este niño es guapo.

- Estas *niñas* son ~~guapa~~.

  Estas niñas son guapas.

- ~~Aquel~~ *chicos* ~~es alto~~.

  Aquellos chicos son altos.

- Aquellos *chicos* son ~~altas~~.

  Aquellos chicos son altos.

- ~~Ese~~ *coches* son ~~negro~~.

  Estos coches son negros.

- Esos *coches* son ~~negro~~.

  Esos coches son negros.

- ~~Esa~~ *niñas* ~~es~~ guapas.

  Esas niñas son guapas.

- Esas *niñas* son ~~guapos~~.

Esas niñas son guapas.

2. Entre __tú__ (tú) y __yo__ (yo) haremos un trabajo estupendo.

3. Según __tú__ (tú), ¿cómo se pronuncia esta palabra?

4. No entiendo por qué nunca quieres salir con __nosotros__ (nosotros).

5. Supongo que eso depende ahora de __ti__ (tú).

6. Según __ella__ (ella), la despidieron por su impuntualidad.

7. No están contra __mí__ (yo), están contra __ti__ (tú).

8. __Le__ (a ella) conocimos en un restaurante.

9. El cartero __nos__ (a nosotros) entregó todas las cartas que tenía.

10. ¿Has visto esa película? No, no __la__ he visto.

11. (a vosotros) __Os__ daremos los regalos más tarde.

12. ¿Encontraremos las llaves? No __lo__ sé.

13. ¿Estás cansada? Sí, __lo__ estoy.

14. __Le__ dije al tapicero que prefería otro color.

15. __Le__ dije a él que prefería otro color.

16. Deberías traérmelo ya. = __Me__ __lo__ deberías traer ya.

17. Nos estamos informando. = Estamos __informándonos__.

18. __Se__ viste normalmente con ropa muy deportiva.

19. -Vamos a comer la paella. ¿Vienes con nosotros?

   -Sí, de acuerdo. Vamos a __comerla__.

20. -Juan, echa esta carta al buzón, por favor.

   -¿Cómo? ¿Que echo la carta al buzón?

   -Sí, __échala__, por favor.

21. -Luis, ¿has visto a María?

   -No, no __la__ he visto.

22. -Luis, ¿has visto a ellos?

   -No, no __les__ he visto.

23. -¿Qué película estáis viendo?

   -Estamos viendo la película 'Ronin'.

   -¿Que estáis viendo la película 'Ronin'?

   -Sí, estamos __viéndola__.

24. Juan: ¿Qué estás haciendo?.

Ana: Estoy cantando la canción de Luis Miguel.

Juan: Que estás cantando la canción de Luis Miguel.

Ana: Sí, estoy __cantándola__ .

25. Juan: ¿Qué estás haciendo?

Ana: Estoy tomando un café.

Juan: Que estás tomando un café.

Ana: Sí, estoy __tomándolo__ .

Ⅱ.疑問詞

1. ¿ __Qué__ lengua habla Carlos de Inglaterra?

2. ¿ __Dónde__ está la calle Goya?

3. ¿ __Cómo__ está tu familia?

4. ¿ __Quién__ es usted?

5. ¿ __Quiénes__ son estos chicos?

6. ¿ __Cuál__ es tu número de teléfono?

7. ¿ __Cuáles__ escoges?

8. ¿ __Cuánto__ cuesta este libro?

9. ¡ __Cuánta__ gente hay en la calle!

10. ¿ __Cuántos__ años tiene Laura?

11. ¿ __Cuántas__ mesas hay en esta aula?

Ⅲ.所有格

1. Este es __mi__ libro.(de mí)

2. Esta es __mi__ casa.(de mí)

3. Estos son __mis__ libros.(de mí)

4. Estas son __mis__ casas.(de mí)

5. Este es __nuestro__ libro.(de nosotros)

6. Esta es __nuestra__ casa.(de nosotros)

7. Este es __vuestro__ libro.(de vosotros)

8. Esta es __vuestra__ casa.(de vosotros)

9. María tiene un libro. Este es __su__ libro.

10. María tiene dos libros. Estos son __sus__ libros.

11. María y José tienen un coche. Este es __su__ coche.

12. María y José tienen dos coches. Estos son __sus__ coches.

13. Este vaso es __mío__.

14. Esta camisa es __mía__.

15. Estos vasos son __míos__.

16. Estas camisas son __mías__.

17. Este vaso es __nuestro__.

18. Esta camisa es __nuestra__.

19. Estos vasos son __nuestros__.

20. Estas camisas son __nuestras__.

21. María tiene un abrigo. Este es __suyo__.

22. María tiene dos abrigos. Estos son __suyos__.

23. María y Luis tienen una bicicleta. Esta es __suya__.

24. María y Luis tienen dos bicicletas. Estas son __suyas__.

25. Esa chaqueta americana es mía, __aquélla__ es tuya.

第二章　名詞

Ⅰ.請寫出下面國家人民之陽性、陰性單數名詞與該國語言

國家	陽性	陰性	語言
México	mexicano	mexicana	castellano
Argentina	argentino	argentina	castellano
Brasil	brasileño	brasileña	portugués
Inglaterra	inglés	inglesa	inglés
Francia	francés	francesa	francés
Japón	japonés	japonesa	japonés
Holanda	holandés	holandesa	holandés
Alemania	alemán	alemana	alemán
Estados Unidos	estadounidense	estadounidense	inglés americano
España	español	española	español

Ⅱ.請填入正確的名詞

1. ¿De dónde eres? Soy de __Taiwán__ (Taiwán). Soy __taiwanés/taiwanesa__.

2. ¿De dónde es Juan? Él es ___estadounidense___ (de Estados Unidos)

3. ¿De dónde es Antonia? Ella es ___brasileña___ (de Brasil)

4. ¿De dónde son ustedes? Soy ___francés/francesa___ (de Francia) y ella es ___italiana___ (de Italia)

5. ¿Qué lenguas habla usted? Hablo ___alemán___ (Alemania) e ___inglés___ (Inglaterra).

6. ¿Qué lengua se habla en Argentina? Se habla ___español / castellano___.

7. ¿Qué lengua se habla en Japón? Se habla ___japonés___.

8. ¿Qué lengua se habla en Portugal? Se habla ___portugués___.

9. ¿Qué lengua se habla en Brasil? Se habla ___portugués___.

10. Juan y María son de Alemania. Ellos son ___alemanes___.

11. Luis y María son de Inglaterra. Ellos son ___ingleses___.

12. Luisa y María son de Francia. Ellas son ___francesas___.

13. Juana y Berta son de Nicaragua. Ellas son ___nicaragüenses___.

14. Fernando y Víctor son suizos. Ellos son de ___Suiza___.

15. Alicia y Mateo son japoneses. Ellos son de ___Japón___.

16. Juan y María son de Suecia. Ellos son ___suecos___.

17. Juan y Jorge son de Italia. Ellos son ___italianos___.

18. Antonio y Noemí son de Rusia. Ellos son ___rusos___.

第三章　冠詞

Ⅰ.填入定冠詞

1. ___el___ poema 詩
2. ___el___ aula 教室
3. ___la___ anilla 圈、環
4. ___el / la___ turista 觀光客
5. ___el___ clima 氣候
6. ___la___ mano 手
7. ___el___ ave 鳥禽
8. ___la___ moto 摩托車
9. ___la___ leña 柴火
10. ___el___ tema 主題
11. ___el___ águila 鷹
12. ___la___ bondad 善良
13. ___la___ paz 和平
14. ___el___ día 天、日子
15. ___el___ caballo 馬
16. ___el___ pijama 睡衣
17. ___la___ estación 車站
18. ___la___ cuba 桶子
19. ___el___ coma 昏迷/ ___la___ coma 逗號
20. ___el___ radio 半徑/ ___la___ radio 收音機
21. ___el___ ancla 錨

Ⅱ.填入不定冠詞

1. <u>un</u> poema
2. <u>una</u> aula
3. <u>una</u> anilla
4. <u>un / una</u> turista
5. <u>un</u> clima
6. <u>un</u> mano
7. <u>una</u> ave
8. <u>una</u> moto
9. <u>una</u> leña
10. <u>un</u> tema
11. <u>una</u> águila
12. <u>una</u> bondad
13. <u>una</u> paz
14. <u>un</u> día
15. <u>un</u> caballo
16. <u>un</u> pijama
17. <u>una</u> estación
18. <u>una</u> cuba
19. <u>una</u> coma
20. <u>un/una</u> radio
21. <u>una</u> ancla

Ⅲ.名詞前用陰性或陽性的冠詞表不同意義

1. Recuerdo cuando era pequeño, siempre paseaba por <u>las</u> márgenes del río con mi padre.

2. No te olvides de dejar <u>el</u> margen cuando escribas.

3. <u>El</u> cura está en la misa.

4. <u>La</u> cura que te han hecho te alivia el dolor.

5. Este chico ha entrado <u>el</u> coma desde hace un mes.

6. Cuando se redacta una composición, no se olvide de poner <u>las</u> comas.

7. <u>El</u> radio es una línea que une el centro de una esfera con cualquiera de sus puntos.

8. Estoy escuchando <u>la</u> radio. No me molestes.

9. Me gusta poner las cosas en <u>el</u> orden.

10. Una responsabilidad de la policía es mantener <u>el</u> orden público.

11. Ya estoy cansado, no tengo fuerza de subir <u>la</u> pendiente de la montaña. Es muy elevada.

12. <u>Los</u> pendientes que llevas son muy bonitos.

13. <u>El</u> corte ha sido muy profundo. Se le ha salido mucha sangre.

14. El Rey Juan Carlos viaja siempre con toda <u>la</u> corte.

15. Cumplieron <u>la</u> orden de su jefe.

Ⅳ.填入正確的冠詞（若無需則不必填）

1. <u>El / ◯</u> comer dos manzanas al día puede reducir el colesterol.

2. A <u>los</u> 13 años leyó Don Quijote.

3. <u>Las</u> manzanas están a 4 euros el kilo.

4. Laura ha ido a <u>◯</u> España este otoño.

5. Siempre me he bañado en __el__ Mediterráneo.

6. No sabes __lo__ bueno que está este chocolate.

7. Los niños metieron __los__ pies en el agua.

8. Encontré __una__ errata increíble.

9. Te __lo__ explicaré otra vez.

10. __Lo__ prudente es dejar a Lucas tranquilo.

11. No quiero hablar con nadie; tengo __un__ mal día.

12. No conocía __◯__ nada de ese autor.

13. Quiero hacer __◯__ otra cosa esta mañana.

14. __◯__ cierta persona te espera.

15. Hay __un__ mensaje para ti en el contestador automático.

16. Me ha dicho que tenía __un__ problema.

17. El otro día me habló de ti __un__ profesor que te conocía.

18. Ése es __el__ secreto que no podía contarte.

19. Escuché ese dicsco __unas__ veces.

20. __Un__ compañero tuyo me ha dado estas revistas para ti.

第四章　動詞變化 I

Ⅰ.請填入正確的現在式動詞變化（Presente de indicativo）。

1. Tú __trabajas__ (trabajar) demasiado.

2. Lo __hago__ (yo, hacer) ahora por si acaso se me olvida.

3. ¿Cómo __te llamas__ (llamarse, tú)?

4. ¿Cómo __se escribe__ (escribirse) tu nombre? ¿y de apellido?

5. ¿Qué lenguas __hablas__ (hablar, tú)?

6. ¿Qué lenguas __se hablan__ (hablarse) en España?

7. ¿Cómo __se dice__ (decirse) "bien" en inglés?

8. ¿De dónde __es__ (ser) tu profesora?

9. ¿Dónde __vives__ (vivir) tú?

10. ¿Qué __hace__ (hacer) usted?

11. ¿Qué __estudiáis__ (estudiar, vosotros)?

12. Buenos días, ¿me __puede__ (poder, usted) dar el teléfono del hospital?

13. ¿ __Tienes__ (Tener, tú) hora?

14. ¿Qué número de teléfono __tienen__ (tener, ustedes)?

15. ¿ __Es__ (Ser) usted la señora Pérez?

16. ¿Cuántos años __tiene__ (tener, usted)?

17. ¿Cómo __es__ (ser) tu amiga María?

18. ¿ __Hablan__ (Hablar, ustedes) español?

19. Sí, puedo __hablar__ (hablar) español, francés e inglés.

20. __Vamos__ (Ir, nosotros) al cine. ¿Vienes con nosotros?

21. "Good morning" __se dice__ (decirse) 'Buenos días' en español.

22. Aquella chica __se llama__ (llamarse) María.

23. Todas las mañanas __nos levantamos__ (levantarse, nosotros) a las ocho.

24. ¿De qué color __es__ (ser) tu coche?

25. Yo __trabajo__ (trabajar) en Kaohsiung.

26. María __trabaja__ (trabajar) en Taipei.

27. Nosotros __vivimos__ (vivir) en Tainán.

28. Juan y Juana __viven__ (vivir) en Taiwán.

29. Usted __come__ (comer) en casa.

30. Tú __comes__ (comer) en casa.

31. Vosotros __abrís__ (abrir) el libro.

32. Yo __abro__ (abrir) el libro.

33. Nosotros __tomamos__ (tomar) el café.

34. Ustedes __toman__ (tomar) el café.

35. Yo __soy__ (ser) Rosa.

36. Nosotros __somos__ (ser) estudiantes.

37. - ¿Cómo __está__ (estar) usted?

   - Yo __estoy__ (estar) bien. Gracias.

38. - ¿Cómo __se llama__ (llamarse) usted?

   - Yo __me llamo__ (llamarse) Luis.

39. El número de estudiantes que hablan español en esta escuela __es__ (ser) de unos 300 personas.

40. ¿De qué tamaño __son__ (ser) los zapatos?

41. Le __echo__ (echar, yo) mucho de menos.

42. Mi hermano __mide__ (medir) uno ochenta.

43. ¿Qué lenguas __hablas__ (hablar, tú)?

44. ¿Qué lengua __se habla__ (hablarse) en Japón?

45. ¿Cómo __se dice__ (decirse) "bien" en inglés?

46. ¿Dónde __vivís__ (vivir, vosotros)?

47. Buenos días, ¿me __podéis__ (poder, vosotros) dar el teléfono del hospital San Carlos?

48. ¿Cuántos años __tiene__ (tener) su padre?

49. ¿Cómo __son__ (ser) tus amigas?

50. ¿Cuánto __cuesta__ (costar) este libro?

51. ¿Cuál __es__ (ser) la capital de España?

52. ¿Cuántos habitantes __tiene__ (tener) Kaohsiung?

53.¿Cuánto __dura__ (durar) la clase?

54. ¿Cuál __es__ (ser) tu dirección?

55. ¿Toledo __está__ (estar) muy lejos de aquí?

56. Paco __se levanta__ (levantarse) a las ocho de la mañana.

57. Su clase __empieza__ (empezar) a las tres de la tarde.

58. __Es__ (ser) la una en punto.

59. Tengo que __lavarme__ (lavarse) las manos.

60. José y Luis __son__ (ser) profesores.

61. Nosotros __lavamos__ (lavar) la ropa dos veces a la semana.

62. Tú __sueñas__ (soñar) con fantasmas.

63. Este niño __se sienta__ (sentarse) en la silla, es muy nervioso.

64. María __se viste__ (vestirse) muy bien.

65. Así __empieza__ (empezar) todo.

66. Yo __sé__ (saber) que estás leyendo un cómic.

67. Platero __es__ (ser) pequeño, peludo, suave; tan blando por fuera, que se diría todo de algodón, que no __lleva__ (llevar) huesos.

68. La noche __cae__ (caer), brumosa ya y morada.

69. La luna __viene__ (venir) con nosotros, grande, redonda, pura.

70. ¿ __Sabes__ (saber) tú, quizá, de dónde __es__ (ser) esta blanda flora, que yo no __sé__ (saber) de dónde es, que enternece, cada día, el paisaje y lo deja dulcemente rosado, blanco y celeste -más rosas, más rosas-, como un cuadro de Fra Angélico, el que pintaba la gloria

de rodillas?

71. Tus ojos, que tú no ___ves___ (ver), Platero, y que alzas mansamente al cielo, ___son___ (ser) dos bellas rosas.

72. No saben qué ___hacer___ (hacer).

73. La casa ___desaparece___ (desaparecer)como un sótano.

Ⅱ.以下是介紹西班牙國旗的國徽。請在各句空格裡填入正確的動詞變化。

1. El escudo ___consta___ (constar) de cuatro cuarteles, en los cuales ___se ven___ (verse): un león, un castillo, unas barras rojas y unas cadenas.

2. El león. ___Es___ (ser) fácil ___comprender___ (comprender) que representa al reino del mismo nombre.

3. El castillo. El castillo ___representa___ (representar) al reino de Castilla.

4. Las barras. Las barras nos ___recuerdan___ (recordar) a Cataluña y Aragón, unidos en un solo reino por el casamiento de Doña Petronila de Aragón, con Ramón Berenguer IV de Cataluña.

5. Las cadenas: ___Es___ (ser) el blasón que nos recuerda a Navarra.

6. Las columnas de Hércules: se quiere ___hacer___ (hacer) referencia al reciente descubrimiento de América, que amplió el límite de los dominios de Imperio español.

7. El yugo y las flechas: ___son___ (ser) símbolos que ___se han tomado___ (tomarse) también de los Reyes Católicos, para indicar que la España actual quiere vivir del espíritu inmortal de los creadores de la unidad de España.

第五章 動詞變化 II

Ⅰ.請填入正確的現在完成式

1. Hoy no ___he estudiado___ (yo, estudiar) nada.

2. Hoy ___ha sido___ (ser) un día estupendo.

3. Todavía no ___ha empezado___ (emepzar) la clase de español.

4. No ___han venido___ (ellos, venir) a la fiesta.

5. Juan no ___ha terminado___ (terminar) la carrera de la universidad todavía.

6. Nunca ___hemos conocido___ (nosotros, conocer) a una persona tan fea.

7. Jamás ___he tomado___ (yo, tomar) un café tan amargo.

8. Este verano María y Luisa ___han ido___ (ir) a la playa a tomar el sol.

9. Aún no ___ha llegado___ (el jefe, llegar) a la reunión.

10. Este año ___ha subido___ (subir) mucho el precio de la gasolina.

11. Siempre ___ha hecho___ (hacer, él) bien en su trabajo.

12. Esta mañana ___hemos desayunado___ (nosotros, desayunar) muy temprano.

13. María ___ha desayunado___ (desayunar) con pan y un café esta mañana.

14. Pepe ___ha jugado___ (jugar al tenis) esta tarde con sus amigos.

15. Hoy nosotros ___hemos comido___ (comer) paella en un restaurante español.

16. ¿Qué ___has cenado___ (tú, cenar) esta noche?

17. Yo ___he cenado___ (cenar) un par de huevos esta noche.

18. Yo ___he perdido___ (perder) dos gafas de sol este año.

19. En toda mi vida ___he visto___ (yo, ver) un asunto tan horrible como éste.

20. Me ___ha llamado___ (llamar) Luis hace un rato.

21. Mi bicicleta ___se ha estropeado___ (estropearse) dos veces en los últimos meses.

22. No ___hemos tenido___ (nosotros, tener) ninguna noticia suya hasta ahora.

23. Os ___ha dicho___ (decir) el profesor muchas veces que tenéis que estudiar español al menos veinte minutos un día.

24. ___Ha llovido___ (llover) mucho esta semana.

25. Yo ___he suspendido___ (suspender) dos asignaturas este curso.

II.現在進行式：請將左邊句子裡現在式動詞改為現在進行式

1. El profesor borra algo de la pizarra. / El profesor ___está borrando___ algo de la pizarra.

2. El chico tira la basura en la papelera. / El chico ___está tirando___ la basura en la papelera.

3. El chico escucha la música. / El chico ___está escuchando___ la música.

4. El señor mira e indica algo de lejos. / El señor ___está mirando e indicando___ algo de lejos.

5. El señor lee el periódico. / El señor ___está leyendo___ el periódico.

6. La chica busca cosas en el bolso. / La chica ___está buscando___ cosas en el bolso.

7. La señorita escribe. / La señorita ___está escribiendo___ .

8. El chico abre la puerta. / El chico ___está abriendo___ la puerta.

9. La chica bebe agua caliente. / La chica ___está bebiendo___ agua caliente.

10. El chico mete un libro en el bolso. / El chico ___está metiendo___ un libro en el bolso.

Ⅰ.**請在下列各句空格裡填入動詞SER或ESTAR其中之一，使其成為合乎語法的句子。**

1. (Yo) no ___soy___ de aquí.

2. El concierto ___será / es / fue / ha sido___ en el Teatro Real.

3. No sé dónde ___están___ los invitados.

4. ¿Por qué no quieres ir con nosotros? ___Es___ que tengo mucho trabajo que hacer.

5. El uso de se no ___es___ fácil de explicar.

6. Estas flores ___son___ para mi esposa.

7. Ella no ___está___ para bromas; se encuentra muy deprimida.

8. ___Estaba___ (Yo) para salir cuando sonó el teléfono.

9. El piso ___está___ por barrer.

10. Oye, no te pongas tan nerviosa, ___estamos___ (nosotros) contigo.

11. Lo que me preocupa ___es___ que no sepan dónde ___está___ el informe.

12. La comida ___está___ por hacer.

13. ___Han estado___ (María y José) en Madrid este verano.

14. Esa caja no ___es___ de plástico sino de madera.

15. Noemí ___es___ una chica alegre, pero hoy ___está___ triste.

16. ___Estoy___ (Yo) angustiada porque aún no sé los resultados del examen.

17. En clase ___somos___ (nosotros) veinte, pero hoy sólo ___estamos___ (nosotros) doce.

18. Maite ___es/está___ soltera.

19. El cuadro ___es___ pintado por Roberto Matta.

20. La pared ___está___ pintada desde ayer.

21. Cuando la vi me dijo que ___estaba___ muy contenta con su nueva casa.

22. He decidido no salir porque no ___estoy___ muy católico.

23. La profesora ___está___ a punto de llegar.

24. ___Es___ 8 de octubre hoy.

25. ___Estamos___ a viernes.

26. ¿A cuánto ___están___ las manzanas?

27. No cojas esa manzana porque ___está___ muy verde todavía.

28. María siempre ___está___ atenta en clase.

29. El concierto ___está___ muy bien.

30. Lo que quería decir __es__ que ese chico no tiene solución.

31. El accidente __fue__ a la salida de la autopista.

32. ¡Qué alta __está__ (la niña) ya!

33. __Érase__ una vez una ninfa que vivía junto a un río de oro....

34. En clase somos cicuenta, pero hoy sólo __estamos__ treinta.

35. Las manzanas __están__ a dos euros el kilo.

36. Al anochecer, cuando llegaron a la frontera, Nena Daconte se dio cuenta de que el dedo
con el anillo le __estaba__ sangrando.

37. Lo que quería decir __es__ que ese chico no tiene solución.

38. El robo __fue__ a la salida del metro.

39. La sopa __está__ caliente.

40. Noemí __es__ la médica del hospital San Carlos.

41. Lara __es__ ella.

42. Este libro de gramática __es__ suyo.

43. Esto __es__ mentir.

44. ¡Maldita __sea__! Me acaba de picar un abejorro.

45. __Fue__ en unos grandes almacenes donde se produjo la explosión.

46. __Érase__ una vez una princesa que vivía en un palacio de cristal....

47. __Estoy__ (Yo) en bata, pero en un par de minutos me visto y te voy a recoger.

48. El problema __está__ aún por solucionar.

49. __Es__ que me muero de hambre.

50. La secretaria aún no ha acabado de redactarlo, pero __está__ en ello.

51. Dice que __fue__ una fiesta de Fin de Año impresionante, pero creo que no fue para tanto.

52. Suele __ser__ bajísimo de moral. Es pesimista por naturaleza.

53. Estas reuniones __son__ muy cansadas. Siempre salimos sin ganas de nada.

54. __Es__ muy molesto que te despierten con una sirena de alarma.

55. Ha aprobado las oposiciones a la primera. __Es__ muy listo.

56. No me ha gustado la policía que me recomendaste. __Es__ muy violenta.

57. Ha sido un accidente terrible pero lo importante es que __estamos__ (nosotros) vivos.

Ⅰ.依人稱填入肯定命令式

1. Tú (tomar) un café cortado	toma
2. Tú (tomar) una cerveza	toma
3. Ud. (tomar) un vaso de agua	tome
4. Uds. (tomar) un té	tomen
5. Vosotros (tomar) un helado	tomad
6. Tú (tomar) un bocadillo	toma
7. Vosotros (tomar) leche.	tomad
8. Uds. (tomar) un zumo de naranja	tomen

9. Chicos, __estudiad__ (estudiar, vosotros) español todos los días.

10. Por favor, __habla__ (hablar, tú) más alto.

11. Por favor, __hablad__ (hablar, vosotros) más alto.

12. Por favor, __hable__ (hablar, usted) más alto.

13. Por favor, __pon__ (poner, tú) el libro ahí.

14. Por favor, __ponga__ (poner, usted) el libro ahí.

15. Por favor, __poned__ (poner, vosotros) los libros ahí.

16. __Coma__ (comer, usted) más.

17. __Come__ (comer, tú) más.

18. Por favor, __abre__ (abrir, tú) la puerta.

19. Por favor, __abra__ (abrir, usted) la puerta.

20. Por favor, __abrid__ (abrir, vosotros) la puerta.

21. Por favor, __escucha__ (escuchar, tú) con atención.

22. Por favor, __escuchen__ (escuchar, ustedes) con atención.

23. Por favor, __escuchad__ (escuchar, vosotros) con atención.

24. Por favor, __ven__ (venir, tú) aquí.

25. Por favor, __venga__ (venir, usted) aquí.

26. Por favor, __venid__ (venir, vosotros) aquí.

27. Por favor, __sal__ (salir, tú) inmediatamente.

28. Por favor, __salga__ (salir, usted) inmediatamente.

29. Por favor, __salid__ (salir, vosotros) inmediatamente.

30. Juan, __haz__ (hacer, tú) los deberes.

31. Juana, __haga__ (hacer, usted) la limpieza.

32. Niño, __di__ (decir, tú) la verdad.

33. Por favor, __diga__ (decir, usted) la verdad.

34. Por favor, __ten__ (tener, usted) cuidado.

35. Por favor, __tenga__ (tener, tú) cuidado.

36. __Come__ (comer, ustedes) este pastel.

37. __Haced__ (hacer, vosotros) otra vez el examen.

38. __Lavaos__ (lavarse, vosotros) las manos antes de comer.

39. __Apaguen__ (apagar, ustedes) sus cigarrillos.

40. Oyen, chicos, __poned__ (poner, vosotros) la mesa para cenar.

41. __Da__ (dar, tú) los lápices a mí.

42. __Escuchad__ (Escuchar, vosotros) con atención cuando os hablan.

43. __Salga__ (Salir, usted) un momento, por favor.

44. __Sal__ (Salir, tú) un momento, por favor.

45. __Diga__ (Decir, usted) lo que oiga.

46. __Di__ (Decir, tú) lo que oigas.

47. __Sentaos__ (Sentarse, vosotros), por favor.

48. __Siéntate__ (Sentarse, tú), por favor.

49. __Siéntese__ (Sentarse, usted), por favor.

50. __Siéntense__ (Sentarse, ustedes), por favor.

II.依人稱填入否定命令式

1. Tú no __tomes__ (tomar) un café cortado.

2. Tú no __tomes__ (tomar) una cerveza.

3. Ud. no __tome__ (tomar) un vaso de agua.

4. Uds. no __tomen__ (tomar) un té.

5. Vosotros no __toméis__ (tomar) un helado

6. Tú no __tomes__ (tomar) un bocadillo.

7. Vosotros no __toméis__ (tomar) leche.

8. Uds. no __tomen__ (tomar) un zumo de naranja.

9. Chicos, no __juguéis__ (jugar, vosotros) al baloncesto todos los días.

10. Por favor, no __hables__ (hablar, tú) en voz alta. Estamos en la biblioteca.

11. Por favor, no ___habléis___ (hablar, vosotros) en voz alta. Estamos en la biblioteca.

12. Por favor, no ___hable___ (hablar, usted) en voz alta. Estamos en la biblioteca.

13. Por favor, no ___pongas___ (poner, tú) el libro ahí.

14. Por favor, no ___ponga___ (poner, usted) el libro ahí.

15. Por favor, no ___pongáis___ (poner, vosotros) los libros ahí.

16. No ___coma___ (comer, usted) más.

17. No ___comas___ (comer, tú) más.

18. Por favor, no ___abras___ (abrir, tú) la puerta.

19. Por favor, no ___abra___ (abrir, usted) la puerta.

20. Por favor, no ___abráis___ (abrir, vosotros) la puerta.

21. Por favor, no ___escuches___ (escuchar, tú) con atención.

22. Por favor, no ___escuchen___ (escuchar, ustedes) con atención.

23. Por favor, no ___escuchéis___ (escuchar, vosotros) con atención.

24. Por favor, no ___vengas___ (venir, tú) aquí.

25. Por favor, no ___venga___ (venir, usted) aquí.

26. Por favor, no ___vengáis___ (venir, vosotros) aquí.

27. Por favor, no ___salgas___ (salir, tú) inmediatamente.

28. Por favor, no ___salga___ (salir, usted) inmediatamente.

29. Por favor, no ___salgáis___ (salir, vosotros) inmediatamente.

30. Juan, no ___hagas___ (hacer, tú) los deberes.

31. Juana, no ___haga___ (hacer, usted) la limpieza.

32. Niño, no ___digas___ (decir, tú) la verdad.

33. Por favor, no ___diga___ (decir, usted) la verdad.

34. Por favor, no ___tenga___ (tener, usted) cuidado.

35. Por favor, no ___tengas___ (tener, tú) cuidado.

36. No ___coman___ (comer, ustedes) este pastel.

37. No ___hagáis___ (hacer, vosotros) otra vez el examen.

38. No ___os lavéis___ (lavarse, vosotros) las manos antes de comer.

39. No ___apaguen___ (apagar, ustedes) sus cigarrillos.

40. Oyen, chicos, no ___pongáis___ (poner, vosotros) la mesa para cenar.

41. No ___des___ (dar, tú) los lápices a mí.

42. No ___escuchéis___ (escuchar, vosotros) con atención cuando os hablan.

43. No __salga__ (salir, usted) ahora, por favor.

44. No __salgas__ (salir, tú) ahora, por favor.

45. No __diga__ (decir, usted) lo que oiga.

46. No __digas__ (decir, tú) lo que oigas.

47. No __os sentéis__ (sentarse, vosotros), por favor.

48. No __te sientes__ (sentarse, tú), por favor.

49. No __se siente__ (sentarse,usted), por favor.

50. No __se sienten__ (sentarse, ustedes), por favor.

第八章　形容詞

Ⅰ.請填入正確的比較級

1. La vida aquí se parece bastante __a__ la de tu ciudad.

2. La vida aquí es __distinta__ a la de tu ciudad.

3. María es más inteligente __que__ Ana.

4. María es __menos__ inteligente que Ana.

5. María tiene __más__ libros que Ana.

6. Juan corre __tan__ rápido como tú.

7. Noemí es tan guapa __como__ Helena.

8. Juan tiene __tantos__ libros como tú.

9. Gasta más dinero __del__ que gana.

10. Trabaja menos horas __de las__ que trabajaba antes.

11. Trabaja menos __de lo que__ dice.

12. Es __mejor__ de lo que pensaba.

13. Lo __más__ interesante de este trabajo es viajar.

14. Es __igual__ de alto que yo.

15. Es __tan__ alto como yo.

16. Viajo __tanto__ como antes.

17. Viajo lo __mismo__ que tú.

18. Trabajo igual __que__ antes.

19. Cuanto más trabajo, __más__ dinero gano.

20. Cuanto más trabajo, __menos__ descanso.

II. 將下列句中單數形容詞改為複數

1. Este coche es negro. / Estos coches son ____negros____ .

2. Esta casa es bonita. / Estas casas son ____bonitas____ .

3. Ese libro es bueno. / Esos libros son ____buenos____ .

4. Esa silla es barata. / Esas sillas son ____baratas____ .

5. Aquel restaurante es estupendo. / Aquellos restaurantes son ____estupendos____ .

6. Aquella chica está alegre. / Aquellas chicas están ____alegres____ .

7. Mi amigo es alto. / Mis amigas son ____altos____ .

8. Nuestra amiga es guapa. / Nuestras amigas son ____guapas____ .

第九章 副詞

I. 請參考下面列出之副詞，選擇一合適者填入練習題空格裡。

quizá	seguramente	antes de las ocho
ahora	posiblemente	aún
aquí	afuera	tarde
aparentemente	supuestamente	precisamente
evidentemente	todavía	ya
políticamente	prudentemente	lamentablemente
desgraciadamente	deliberadamente	sólo
correctamente	incluso	sobre todo
equivocadamente	particularmente	indudablemente

1. ____Antes de las ocho/Ahora____ no voy a salir.

2. ____Tarde____ , no llegaremos.

3. Juan no firmó el contrato ____prudentemente____ .

4. ____Posiblemente/Seguramente/Quizá____ no está en casa.

5. ____Aparentemente/Supuestamente____ no ha dicho la verdad.

6. ____Indudablemente/Evidentemente____ no es capaz de hacerlo solo.

7. ____Todavía/Aún____ no ha venido.

8. ____Ya____ no quiero más café.

9. La propuesta de avenencia no interesó ____particularmente____ a los países europeos.

10. __Incluso__ Juan no se lo cree.

11. No voy a trabajar __aquí/afuera__ .

12. No ha venido __todavía/aún__ .

13. No quiero más café __ya__ .

14. No está en casa __posiblemente/seguramente/quizá__ .

15. No ha dicho la verdad __aparentemente/supuestamente__ .

16. No es capaz de hacerlo solo __indudablemente/evidentemente__ .

17. __Políticamente__ , su discurso no me ha parecido adecuado.

18. Su discurso, __políticamente__ , no me ha parecido adecuado.

19. __Lamentablemente/Desgraciadamente__ , sus alumnos no quieren escucharlo.

20. __Sobre todo__ la propuesta de avenencia no interesó a los países europeos.

21. El niño no rompió el vaso, __deliberadamente__ .

22. María no respondió __correctamente/equivocadamente__ .

23. __Inevitablemente__ , el comité no está a favor de la reforma.

24. Javier perdió su coche Volvo y no está __precisamente__ para fiestas.

25. __Sólo__ Juan ha podido pegar ojo anoche.

第十章　介系詞

1. A mí, me gustan esos muebles porque son __de__ madera.

2. En las calles es mejor caminar __de__ lado.

3. Os estamos esperando __a__ las diez de la mañana.

4. __Desde__ las ventanas no veo nada.

5. Me he caído __de__ rodillas.

6. Manolo es un pedazo __de__ pan. Me cae bien.

7. Es el edificio más alto __de__ Taipei.

8. Esta frase la conozco, es __de__ Cervantes.

9. Ese vino es __de__ gallego. ¿No te parece?

10. Caundo llegaron, estaba __en__ pijama.

11. ¿Por qué siempre estás disfrutando __a__ lo grande?.

12. __A__ los ocho años mi hija ya tocaba el violín muy bien.

13. En Kaohsiung llueve poco __en__ verano.

14. Arreglaré todo __en__ dos minutos y nos vamos al cine, ¿vale?.

15. Echo de menos __a__ Noemí. No sé ¿qué está haciendo ahora?

16. Lucas es un demonio __de__ niño.

17. Con este tráfico, no creo que lleguemos __a__ tiempo.

18. Paco se ha enamorado locamente __de__ esa chica.

19. Cuando volví a casa, ya era muy noche. Debía andar __de__ puntillas para no despertar __
__a__ nadie.

20. Mañana recibiremos __al__ señor López __a__ las nueve __en__ el aeropuerto.

21. Hace mucho tiempo que se fueron __a__ Nueva York.

22. Ahora las naranjas son baratas porque están __a__ mitad de precio.

23. Ellos se casaron en mayo y se divorciaron __a__ los dos meses.

24. El vino está __en__ la bodega.

25. ¿Dónde están los libros? Deben de estar __por__ algún lado.

26. Lo siento, no han dejado nada __para__ ti.

27. ¡Ya sabe conducir! Pues está muy joven __para__ su edad. ¿No te parece?

28. Oye, no seas tonto. Es imposible que lo consigas __por__ muy poco dinero.

29. A veces nieva __por__ Navidad.

30. Tú aún no habías nacido __por__ esas fechas. .

31. Hoy he dado la clase __por__ el señor García. .

32. __Para__ imaginación, la de mis nietas.

33. Juan fue castigado __por__ su descuidado.

34. Envíame el paquete __por__ el correo urgente.

35. No estoy __para__ nadie. Me siento fatal.

36. La casa fue construida __por__ el arquitecto en 1980.

37. Ellos se marcharon __para__ Francia la semana pasada.

38. Están buscando el gato __por__ toda la casa.

39. Estoy __por__ llamar y decir que no puedo ir.

40. No está __para__ bromas. Déjale en paz.

41. Buscaron __por__ entre los escombros.

42. Llama dos veces __por__ mes para que sepamos que está bien en Madrid.

43. Nos veremos mañana __por__ la mañana.

44. __Para__ mal gusto, el de Miguel.
= Tiene mal gusto, que le gustan cosas raras.

45. El documento debe de estar guardado __por__ algún sitio.

46. __A__ medianoche de vez en cuando me levanto muerta de hambre.

47. En primavera viajaremos __por__ toda Europa.

48. Nos hablamos __a__ menudo __por__ teléfono.

49. Mi estudio termina _____ junio.

50. He venido __por__ otros motivos.

51. Comenzamos __a__ trabajar __a__ las 8.

52. Juan se imagina ser el más intelegente __de__ la clase.

53. Prepárate __a/para__ recibir una sorpresa.

54. El profesor nos enseña a formar frases __en__ español.

55. Propongo pernoctar __en__ Zaragoza.

56. Hemos acordado encontrarnos __a__ las 10.

57. Nos hemos decidido __a__ pasar las vacaciones en Santander.

58. Estoy aprendiendo __a__ pronunciar las consonantes españolas.

59. No pretendo convencerte __de__ mis ideas.

60. Joaquín no merece ser tratado así __por__ su hermano.

61. Empecé a leer aquel libro con mucho interés, pero acabé __por__ dejarlo a causa de su pesadez.

62. ¿Oyes cantar __a__ la vecina?

63. No me obligues __a__ hacer lo que no quiero.

64. Este trabajo está aún __por/sin__ hacer.

65. Pedro no se conforma __con__ ser un estudiante medio.

66. El gato ha derramado la leche __al/en__ el suelo.

67. Encontró al barquero __a/en__ la orilla del río.

68. Con/En matemáticas es una calamidad, pero __con/en__ pintura es un hacha.

69. Trabajo __de/como__ recepcionista en el hotel de la esquina.

70. ¿Quieres el bolígrafo __de__ metal o __de__ plástico?

71. Pasaba el plato __de__ mano __en__ mano sin comer nada.

72. No quiero montar __en__ burro; prefiero montar __a__ caballo.

73. En casa se nota más el calor que _en la calle.

74. Estábamos __al pie/de__ pie de la torre de la catedral.

75. Cógeme eso que se me ha caído __al/en__ el suelo.

筆記頁

筆記頁

西班牙語字母發音

大寫	小寫			單字	
A	a	América	paso	coma	
B	b	Barcelona	combate	x	
C	c	César / cima	octubre	x	
		cara / color			
CH	ch	Chile	coche	x	
D	d	Dinamarca	desde	ciudad	
E	e	España	usted	restaurante	
F	f	Francia	teléfono	x	
G	g	género	argentino	x	
		gato	agua		
H	h	Honduras	zahón	¡ah!	此字母無論在單字裡哪個位置都不發音
I	i	Italia	bigote	Haití	
J	j	Japón	cojo	reloj	
K	k	Kuwait	Mónika	x	
L	l	Londres	toldo	hola	árbol
LL	ll	llevar	allí	x	
M	m	México	dama	telefilm	
N	n	Nicaragua	canto	canción	
O	o	Óscar	polar	poco	

大寫	小寫	單字		
P	p	Perú	septiembre	x
Q	q	Quito	poquito	x
R	r	Rusia	era	comer
S	s	Sevilla	oso	vienes
T	t	Taiwán	atlántico	x
U	u	Uruguay	tubo	Perú
V	v	Venezuela	uva	x
W	w	Washington	Kiwi	x
X	x	xenófilo	boxeo	fax
Y	y	yate	mayo	hoy
Z	z	Zambia	cazar	nariz

國家圖書館出版品預行編目資料

基礎西班牙語文法速成／王鶴巘著. --三版.
　--臺北市：五南圖書出版股份有限公司，
　2017.08
　面；　公分
　ISBN 978-957-11-9263-5（平裝附光碟片）
　1.西班牙語　2.語法
　804.76　　　　　　　　106011081

1XOA

基礎西班牙語文法速成

作　　　者 ― 王鶴巘（5.8）

發 行 人 ― 楊榮川

總 經 理 ― 楊士清

總 編 輯 ― 楊秀麗

副總編輯 ― 黃文瓊

編　　　輯 ― 吳雨潔

封面設計 ― 吳佳臻　王麗娟

出 版 者 ― 五南圖書出版股份有限公司

地　　　址：106台北市大安區和平東路二段339號4樓

電　　　話：(02)2705-5066　　傳　　　真：(02)2706-6100

網　　　址：https://www.wunan.com.tw

電子郵件：wunan@wunan.com.tw

劃撥帳號：01068953

戶　　　名：五南圖書出版股份有限公司

法律顧問　林勝安律師

出版日期　2012年8月初版一刷
　　　　　2014年5月初版三刷
　　　　　2015年4月二版一刷
　　　　　2016年2月二版二刷
　　　　　2017年8月三版一刷
　　　　　2023年9月三版四刷

定　　　價　新臺幣350元

初版由書泉出版社出版。